名家短经典

乞力马扎罗的雪

海明威短篇小说精选

〔美〕**海明威**——著

陈良廷 刘文澜 张炽恒——译

HEMINGWAY COLLECTED STORIES

人民文学出版社
PEOPLE'S LITERATURE PUBLISHING HOUSE

Ernest Miller Hemingway
Collected Stories

图书在版编目(CIP)数据

乞力马扎罗的雪:海明威短篇小说精选/(美)海明威著;陈良廷,刘文澜,张炽恒译. —北京:人民文学出版社,2022(2023.1 重印)
(名家短经典)
ISBN 978-7-02-016579-7

Ⅰ. ①乞… Ⅱ. ①海… ②陈… ③刘… ④张… Ⅲ. ①短篇小说-小说集-美国-现代 Ⅳ. ①I712.45

中国版本图书馆 CIP 数据核字(2020)第 172817 号

责任编辑 **卜艳冰 邱小群 刘佳俊**
封面设计 **李苗苗**

出版发行 **人民文学出版社**
社　　址 **北京市朝内大街 166 号**
邮政编码 **100705**

印　　制 **山东新华印务有限公司**
经　　销 **全国新华书店等**

开　　本 **890 毫米×1240 毫米 1/32**
印　　张 **6.875**
字　　数 **172 千字**
版　　次 **2022 年 1 月北京第 1 版**
印　　次 **2023 年 1 月第 2 次印刷**

书　　号 **978-7-02-016579-7**
定　　价 **45.00 元**

如有印装质量问题,请与本社图书销售中心调换。电话:010－65233595

目录

乞力马扎罗的雪 1

白象似的群山 32

印第安人营地 39

杀　手 45

一个干净明亮的地方 58

在密歇根州北部 64

雨里的猫 70

在异乡 75

在士麦那码头上 81

医生夫妇 84

三天大风 89

拳击家 102

禁捕季节 113

越野滑雪 121

祖国对你说什么? 128

简单的调查 140

十个印第安人 144

美国太太的金丝雀 151
追车比赛 156
陈腐的故事 162
暴风劫 165
世上的光 171
一个同性恋者的母亲 180
等了一整天 185
一篇有关死者的博物学论著 189
怀俄明葡萄酒 199

乞力马扎罗的雪

乞力马扎罗是一座积雪覆盖的大山，海拔一万九千七百一十英尺[①]，据说是非洲的最高山脉。它的西高峰名叫马塞人[②]的"恩阿吉-恩阿伊"，意思是神的殿堂。靠近西高峰的地方，有一具豹子的冻尸。那么高的海拔，豹子上来是为了寻找什么，尚未有人作出过解释。

"不可思议的是，这地方居然不痛，"他说，"一开始就是这样，没有疼痛感。"

"真的吗？"

"千真万确。非常抱歉，这味儿肯定把你熏坏啦。"

"别这么说！千万别这么说！"

"瞧它们，"他说，"到底是这里的景象还是气味引它们过来的呢？"

帆布床摆放在一棵含羞草树的一大片树荫里，男子躺在床上，目光越过树荫，望着阳光耀眼的旷野。那边地上蹲着三只可憎的大鸟，天上还有十几只在滑翔，它们从上空经过时，投下一片片飞掠的影子。

---

① 1英尺约0.3米。

② 马塞族是东非的著名部落，马塞族人服饰鲜艳，性格粗放。

“从卡车抛锚那天起，它们就在那儿了，”他说，“今天第一次撞见有落到地上的。先前我还仔细观察它们的飞翔习性，想万一哪天写小说时可以用上。现在看来真好笑。”

“我不希望你真写。”她说。

“我只是说说，”他说，“说说话觉得人松快多了。不过我不希望话多让你心烦。”

“说话不让我心烦，”她说，“我是因为自己没用才焦躁不安的。我想呀，我们不妨放轻松些，等到来飞机。”

“或者等到没飞机来的时候。”

“请告诉我，我能做些什么。总有什么事我有能力做的。”

“你可以帮我截掉这条腿，那也许可以阻止蔓延，不过我怀疑不一定管用。不如你给我一枪。如今你已经是个好射手啦。我教过你射击，对不对？”

“求你别说这样的话。我读点东西给你听好吗？”

“读什么呢？”

“从那本书里随便挑一段我们没读过的。”

“我听不进去哟，”他说，“还是说说话最松快。我们吵吵嘴，时间就过得快了。”

“我不吵嘴。我从来都不想吵嘴。今后我们不要再吵嘴啦。不管我们变得多么焦躁不安。也许今天他们会开着另一辆卡车回来。也许飞机会来。”

“我不想挪动，”他说，“现在换地方已经没意义了，顶多让你心里面感觉松快些。”

“这是懦夫说的话。”

“你就不能不要骂人，让一个男人死得尽量舒服些吗？丁零当啷折腾我一番有什么用？”

“你不会死的。”

“别傻了。现在我就已经离死不远啦。不信你问问那些杂种。”他向那几只龌龊的大鸟栖息的地方望去，它们的秃脑袋藏进了蓬起的羽毛里。第四只鸟滑翔着落了下来，先快步奔跑了一段距离，然后摇摇摆摆慢悠悠地向同伴们走去。

“每个营地周围都有它们。你从来不注意而已。你只要不放弃，就不会死。”

“你从哪儿读到这些废话的？你是个十足的大傻瓜。”

“你就想想其他的人吧。”

“看在基督的分上，”他说，“说这话的行家是我。”

接着他躺下来，安静了一会儿，目光越过微光闪烁的烘热的旷野，眺望着灌木丛的边缘。在黄色的背景上，几只野羊①显得一点点小，白白的。远处，他看见有一群斑马，在绿色的灌木丛映衬下呈白色。这是一块令人愉悦的营地，依山搭建，有大树遮荫，清水相傍，附近还有一眼差不多已干涸的水穴，每天清晨有沙鸡在它周围飞来飞去。

“我读书给你听好吗？”她问。她坐在帆布床旁边的一张帆布椅子里：“一阵微风吹来喽。”

“不了，谢谢。”

“也许卡车会来。”

“我才不在乎那辆卡车呢。”

“我在乎。”

“好多我不在乎的东西你都在乎。”

---

① 原文 Tommies，是人名 Tommy 的复数，应是猎手对某种动物的昵称，作者海明威善猎。综合考虑下来，姑译作野羊。

“不是太多啊，哈里。”

“喝一杯怎样？”

“那应该是对你有坏处的。布莱克的书里说，忌一切含酒精的饮料。你不要再喝酒啦。”

“莫洛！”他喊道。

“是，先生。”

“拿威士忌苏打来。”

“是，先生。”

“你不该喝，”她说，“我说你放弃，就是这个意思。书上说酒精对你有害处。我知道它对你有害处。”

“不，”他说，“它对我有好处。”

看来一切就这样终结了，他心想。看来他永远不再有机会给事情一个完满的结局。看来事情就以这种方式，在一杯酒引起的争吵中终结了。

自从右腿开始坏疽，他就不再感到疼痛，恐惧也随着疼痛离他而去。现在他心中只剩下一种极其疲惫和愤怒的感觉：居然是这样一个结局。对于正在来临的结局本身，他并没有什么好奇心。多年来结局问题一直困扰着他，但现在结局本身却没有任何意义。真奇怪，一旦疲惫透了，达到这种状态是多么轻而易举。

有些东西他一直攒着没写，原想等思路足够清楚了再写，写好些，现在永远不会写出来了。嗯，这样也好，不必品尝写作失败的苦果。也许那些东西是永远写不好的，那正是你一再拖延，迟迟不动笔的原因。算啦，现在他永远不会知道了。

“真希望我们根本就没上这儿来。”女人说。她咬住嘴唇，望着他手里的酒杯：“在巴黎你绝不会出这种事。你一直说你爱巴黎。我们原本可以待在巴黎的，要不随便去哪儿都行。去哪儿我都愿意。我说过不管什么地方你想去我都跟着。你想打猎，我们可以去匈牙利呀，在那儿舒舒服服地打猎就是了。”

“你那些该死的钱。”他说。

“这么说不公平，”她说，“那些钱你我一向是不分的。我丢下一切，无论你想去哪儿我都跟着，无论你想做什么我都照做，可我真希望我们根本就没上这儿来。”

“你说你爱这儿的。”

“那是你好好儿的时候，可现在我恨这块地方。我不明白为什么偏偏一定要让你的腿出这种事。我们作了什么孽，非得让我们遇上这种事？”

“我作的孽大概就是，起先刚刮破的时候忘了上碘酒，随后又没把事情放在心上，因为我从来不感染的。到后来，情况恶化了，又碰上其他杀菌剂用完，就用弱效的石炭酸溶液消毒，可能因此造成了毛细血管麻痹，引起坏疽。”他望着她，“还有什么呢？”

“我不是指这个。”

“假如我们雇了个好技工，而不是一个技术半生不熟的吉库尤人①司机，他就会检查一下机油，不至于把卡车轴承烧坏。”

“我不是指这个。”

“要是你没有离开自己那帮人，在该死的老韦斯特伯里、萨拉托加和棕榈滩②的那些熟人，同我交往……”

“嗨，我是爱你呀。你这样说不公平。我现在也爱你。我会永远爱你。你不爱我吗？”

“不，”男人说，“我不觉得我爱你。我从来没爱过你。”

“哈里，你在说些什么呀？你神志不清楚了吧。”

---

① 吉库尤人是非洲班图族的一支，肯尼亚最大的民族。

② 韦斯特伯里是美国的一个镇子，萨拉托加是美国的一个县，棕榈滩是美国佛罗里达州著名的富人聚居区。

“不。我已经没有神志可以不清楚了。”

“别再喝那个啦，”她说，“亲爱的，求你别再喝那个啦。我们得努力，凡是能做的，都试一下。”

“你去努力吧，”他说，“我累啦。”

此刻在他的脑海里，他看见卡拉加奇[①]的一个火车站。他背着背包站在月台边，正是辛普伦-奥芬特号列车前灯的光柱划破黑暗的那一刻，他刚撤退下来，正准备离开色雷斯[②]。这是他留待将来写进小说里的一幕。还有一段情节：早晨用早餐的时候，他向窗外眺望，望着保加利亚群山上的雪，南森的秘书问老头是不是雪，老头望着雪说：不，那不是雪。早着呢，还没到下雪的时候。秘书把他的话传给别的姑娘们听：不，你们看，那不是雪。于是她们都说：不是雪，我们弄错了。可明明那就是雪。等到他进行人口交换[③]时，他将她们转送到山里去了。她们进山时脚下踩的是雪，最后她们死在了那年冬天。

那一年，在高厄塔尔[④]山上，整个圣诞周也是在下雪。那一年他们住在伐木人的小屋里，那口方形大瓷灶占据了半间屋子。那个逃兵跑进来的时候，他们正睡在山毛榉树叶填塞的床垫上，他脚上沾着雪，在出血。他说宪兵紧追过来了。他们给了他一双羊毛袜，缠住宪兵们聊天，直到雪花盖住他的足迹。

---

① 土耳其的一座城市，靠近死海。

② 爱琴海北岸一处著名地区，有非常悠久的历史，英雄斯巴达克斯即色雷斯人。现色雷斯地区分属希腊、土耳其和保加利亚。

③ 这种行动在两个种族杂居的国家或地区之间发生，以同种族聚居为目的，例如希腊和土耳其之间就进行过人口交换。

④ 奥地利境内一处山脉。

在希伦茨①，圣诞节那一天，雪是那么的亮，你从葡萄酒吧望出去，看着人们一个个从教堂回家时，甚至都觉得雪光刺痛眼睛。他们就是从那儿开始，走上那条被雪车磨得哧溜滑的尿黄色道路的；路的一旁是河，另一边是松林覆盖的陡峭山峦，他们肩上扛着沉重的滑雪板。他们就是从那儿开始，从“梅德纳尔之家”上方那条冰河上滑下来的。雪看上去像糕饼上的糖霜一样滑，像粉末一样轻；他记得冲下去速度那么快，使滑行变得悄无声息，人如一只倏然飞坠的鸟儿。

那一回他们遇上了暴风雪，被困在“梅德纳尔之家”一个礼拜。他们点着马灯，在烟雾弥漫中玩牌。伦特先生输得越多，注下得越大，最后输了个精光。他的一切：滑雪学校的钱，那年冬季的盈利，然后是他的本金。伦特先生和他的长鼻子此刻依然在他眼前：他看见他摸起一张牌，掀开看一眼，说：“不跟。”那段时间总是有赌局。不下雪的时候赌，雪下得太大时还是赌。他回想着一生中消耗在赌博上的所有时光。

不过此事他一行字也没有写。另一件事他也没有写：在那个寒冷而晴朗的圣诞节，平原另一边的群山显露出来了，巴克飞过前线去轰炸奥地利军官的休假列车；那些军官四散奔逃的时候，巴克用机枪扫射他们。他记得后来巴克走进餐厅，讲述事情的经过。餐厅里变得鸦雀无声，然后有人说了一句：“你这个杀人不眨眼的杂种！”

后来同他一起滑雪的奥地利人，正是当时他们去杀的那一帮人。不，不是同一帮人。那年同他一起滑雪一整年的奥地利人汉斯，一直住在“皇帝·猎人”客栈，有一回他们一同去锯木厂上

① 位于欧洲小公国列支敦士登境内。

面的小溪谷猎兔子时，聊起过帕苏比奥之战[①]，还有进攻波蒂卡拉和阿萨洛的战斗。那些战事他一个字也没有写。蒙特科罗纳、塞特科姆尼和阿尔西罗的战事[②]，他也没有写。

他在福拉尔贝格[③]和阿尔贝格山[④]住过几个冬天？四个。这时他记起了那个有狐狸要卖的人，当时他们步行进入了布卢登茨[⑤]，那一回是去买礼物。他记起了上等樱桃酒的樱桃核仁味儿，在结了硬壳的雪地上快速滑行扬起的雪粉：一边唱着“嗨！嚯！罗利说！”一边冲下最后一段坡道，来到陡直段，直飞而下，然后拐三个弯儿滑过果园，出来后越过那道沟，来到酒吧后面那条结了冰的路上。敲一敲，松开缚带；甩一下，取下滑雪板，靠放在酒吧的木板墙根。灯光泻出窗外，窗户里烟雾腾腾，弥漫着新酒的温暖气息，有人在拉手风琴。

“在巴黎的时候我们住的是哪家酒店？”他问女人。她坐在他身边的帆布椅子里，此刻，在非洲。

“住在克利翁[⑥]。你知道的呀。”

“我怎么会知道？”

“我们每一回都住那儿的呀。”

“不，不是每一回。”

“我们住那儿，也住过圣日耳曼大街的亨利四世凉亭[⑦]。你说你爱

---

① 帕苏比奥是意大利的一座山，第一次世界大战时奥地利军队和意大利军队曾在此交战。
② 这里提到的都是第一次世界大战时发生在意大利的战事。
③ 奥地利最西部的州。
④ 阿尔卑斯山脉北端山峰，滑雪胜地，位于奥地利西部。
⑤ 奥地利的一个县，西邻列支敦士登，南邻瑞士，旅游胜地。
⑥ 超级豪华酒店，其前身是宫殿。
⑦ 豪华酒店，其前身是皇家古堡。

那个地方。”

“爱就是一堆粪，”哈里说，“我就是那只站到粪堆上去打鸣的公鸡。”

“假如你非走不可的话，”她说，“非得把你身后的一切都消灭掉不行吗？我的意思是，你一定要把每一样东西都带走吗？非得杀了你的马和你的妻子，烧掉你的马鞍和盔甲？”

“没错，”他说，“你那些该死的钱就是我的盔甲。我的剑和盔甲。”

“别这样。”

“好吧。我不说了。我并不想伤害你。”

“现在稍微有些迟了。”

“那好。我就来继续伤害你。这样有趣多了。唯一一件我真正想和你一起做的事，现在我没本事做了。”

“不，这话不对。你喜欢做的事很多，你想做的每一件事我都和你一起做过。”

“哦，看在基督的分上别再吹牛了，行吗？”

他望着她，看见她哭了起来。

“听我说，”他说，“你觉得我这样做很开心吗？我不知道自己干吗要这样。想来，这可能是为了求生而杀伐吧。我们刚开始聊时我还是好好的。我并不是故意要开这样一个头，这会儿我疯疯癫癫像个大傻瓜一样，对你能多残忍就多残忍。我说过的话你别放在心上，亲爱的。我爱你，真的。你知道我爱你。我从来没有像爱你一样爱过任何人。”那一套他赖以为生的说惯了的谎话顺嘴就溜了出来。

“你对我挺好的。”

“你这个贱女人，”他说，“你这个有钱的贱女人。那是诗。现在我满肚子都是诗。腐烂和诗。腐烂的诗。”

“别说了，哈里，你干吗现在非得变得跟个魔鬼似的？”

“我不愿留下任何东西，”男人说，“我不愿身后留下任何东西。”

已是黄昏时分，刚才他睡着了。太阳沉到了山后边，整片平原上纵贯着一道阴影。营地附近有些小动物正在觅食，它们的头很快地一起一落，尾巴不断地摇来摇去。他望着它们，这会儿它们跟那片灌木丛保持着相当长的一段距离。那些大鸟已经不再待在地面上干等，它们全都沉甸甸地栖在一棵大树上。它们的数目又增加了不少。他的贴身男仆坐在床边。

“太太去打猎了，”男仆说，“先生有什么需要吗？”

“没有。”

她去猎杀动物了，弄点肉回来。她知道他喜欢看着她狩猎，所以她跑到很远的地方去，那样就不会惊扰到他目力所能及的这一小片旷野。她总是那么体贴人，他心想。凡是她懂得的事情，在书上读到过或听人说过的事情，她都考虑得很周到。

并不是她的错。来到她身边的时候，他已经完蛋了。一个女人怎么可能知道你说出来的话并非真心实意，只是出于习惯，为了让人听了舒服呢？自从他说话不再当真以后，较之于过去说实诚话，他的谎话更能骗得女人的欢心了。

他撒谎并不全是因为没有真话可说。他曾经拥有过自己的生活，但它已经结束，然后，他又继续活下去，但交往的人不同了，钱多了，待的是以前那些地方里最好的，还多了几处新地方。

不去想，那是一件非常了不得的事。你有一副好内脏，身体没有那样子垮掉，他们大多数人都是那样垮掉的；你抱定一种态度：既然已经干不了从前常做的工作了，那就不去管它。可是在你的内心里，你对自己说，你要写这些人，写这些非常有钱的人；你对自己说，你其实同他们并不是一类人，而只是他们的国度里的一个窥视者；你对自己说，你会离开这个国度，写这个国度，而且将是仅此一回，由一个了解自己在写什么的人来写这个国度。但是他永远不会写了，因为日复一日，他不写作，生活安逸舒适，做着自己所蔑视的那种人，才华磨钝了，工作的意志变软弱了，于是，他终于彻底不工作了。在他不工作的时候，他现在交往的那些人全都感到舒服许多。非洲曾是他在一生中的黄金岁月里最让他感到快乐的地方，所以他跑了出来，想从这儿重新开始。这次狩猎旅行，他们是以最低限度的舒适为准来安排的。没有艰苦可言，但也不算奢华。他曾经以为，这样一来，他就能重新训练，回到良好的状态。他以为这样能在某种程度上除去一些心灵上的脂肪，类似于拳击手去山里面干活和训练，去消耗掉身体里的脂肪一样。

她曾经很喜欢这次旅行。她说她爱这一趟非洲之旅。凡是令人兴奋的出行，能换换环境，认识些新的人，遇见一些令人愉快的事物，她都爱。他也曾经有过工作的意志力在恢复的幻觉。如果就这样走到结局，他也不必变得像一种蛇那样，因为脊背被打断就咬自己。他知道，结局就这样了。并不是这个女人的错。不是她，也会是另外一个女人。如果靠说谎活着，就应该试试说着谎话死去。他听到小山另一边传来一声枪响。

她枪打得非常之好，这个有钱的贱女人，他的才华的温存的呵护者和毁坏者。胡扯。是他自己毁了自己的才华。怎么能怪到这个女人头上呢，就因为她给了他安逸的日子？他的才华是他自己毁掉的：由于他把它荒废了；由于他背叛了自己，背叛了自己的信念；由于他纵饮无度，磨钝了感觉；由于他懒散怠惰，傲慢势利，心存偏见；由于他不择手段。他这是在干什么？列一张旧书清单？他的才华到底在哪儿呢？好吧，就算他有才，可他并没有好好使用，而是利用来做交易。他的才华从来都不是在于他做了什么，而永远是在于他能够做什么。他另行选择了一种谋生手段，而不是钢笔或铅笔。还有，每当他爱上另外一个女人，这一个女人总是会比上一个女人更有钱，这一点也是很奇怪的，是不是？但是当他不再爱的时候，当他只是在说谎的时候，就像眼下，对眼前的这个女人——这个女人比前面的所有女人都有钱，要多有钱就多有钱，她曾经有过丈夫和孩子，曾经找过情人，后来又对他们生出不满，她深爱着他，把他当一个作家、一个男子汉，当作一个伴侣、一份引以为荣的财产——真奇怪，当他根本不爱她、而且是在对她撒谎的时候，为了她花在他身上的钱，他所能给予她的，居然会比他真爱的时候所能给予的更多。

一个人做什么，一定是生来就安排好的，他心想。你谋生的手段，就是你的天赋所在。他一生都在出卖生命力，以这种形式或那种形式。当你对情爱看得不太重的时候，就是你把钱看得更重的时候。他早就发现了这一点，但从来都不愿意写出来，现在也不愿意写。不，他不会写的，虽然这一点很值得一书。

这会儿她已经进入视野了，正穿过旷野向营地走来。她穿着马裤，扛着一支来复枪。两个男仆抬着一只野羊走在她旁边。她依然是个挺好看的女人，身材也很赏心悦目，他心想。她的床上功夫很了不得，也很懂得享受床笫之欢；她不漂亮，但他喜欢她的面相。她博览群书，喜欢骑马和射击，当然，她酒喝得太多了。在她还是个比较年轻的女人时，她就死了丈夫。有一段时间，她全身心地投入到两个刚长大的孩子身上，孩子们却并不需要她，还因为她在他们身边转悠而感到局促不安。她还将心思放在马厩、书本和酒瓶子上。她喜欢在晚饭前，在黄昏时分读书，边读书边喝威士忌苏打。到吃晚饭时她已有了几分酒意，再喝上一瓶葡萄酒，通常便醉得能够倒头就睡了。

那是她没有情人时的情形。有了情人以后，她不再喝那么多酒了，因为不必再靠醉酒来入眠。但情人一个个都令她厌倦。她嫁过一个男人，他从来不令她厌倦，这些人却令她非常厌倦。

接下来，两个孩子中有一个在飞机失事中丧生。事情过去后，她不再想要男人，喝酒也已经起不到麻醉作用，她得另外建立起一种生活了。突然之间，她对孤独产生了强烈的恐惧感。她需要一个人和她在一起，但她要的是一个让她尊重的人。

事情的开始很简单。她喜欢他写的作品，她一直羡慕他过的那种生活。她认为他做的正是他自己想做的事。她俘获他的那些个步骤，和她最终爱上他的那种方式，都属于一个常规的进展过程；在这个过程中，她为自己建立起了一种新的生活，他则将他的旧生活的残余出卖了。

不可否认，这种出卖是为了换取安全，也是为了换取舒适安逸——还能为了什么呢？他不知道。无论他想要什么，她都会买给他。他知道这一点。她还是一个好得要命的女人。他愿意马上就跟她上床，像跟别的女人一样，但他更愿意选择她。因为她更有钱，因为她令人愉快又知情识趣，因为她从不大吵大闹。可是，她重建的这种生活现在要告一个段落了，因为两个礼拜之前，他的膝盖被一根荆棘划破，他没有给伤口上碘酒。当时他们跑到近前去，想拍一群站着不动的非洲水羚；它们站在那儿，仰着头，边窥视边翳动鼻孔嗅着空气，耳朵张得大大的，准备一听到什么声音，就拔腿冲进灌木丛里去。没等他拍下照片，它们已经呼啦一下跑了。

这会儿她已经到了跟前。他在帆布床上转过头来，面对着她。“哈罗。”他说。

“我打到一只野公羊，”她告诉他，“可以给你做一碗好肉汤，另外我叫他们捣些土豆泥，加克宁奶粉[①]。你感觉怎样？”

---

① 历经百余年，至今仍是著名奶粉品牌。

“好多了。”

“这不是挺好吗？我就想你会好些的，对吧。我走以后你睡着了。”

“我睡了个好觉。你走出去很远吗？”

“不远。就到山后面转了转。我打得很准，一枪正中这只野羊。”

“不用说，你的枪法很神的。”

“我爱打猎，我爱非洲。真的。你要是没受伤的话，这就是我玩得最开心的一次旅行了。你不知道跟你一起打猎是多么有乐趣。我已经爱上这片原野了。”

“我也爱这片原野。”

“亲爱的，你不知道，看见你感觉变好，真是棒极了。刚才你感觉坏成那样，我真受不了。不要再那样对我说话了，好不好？答应我好吗？”

“不会了，”他说，“我不记得刚才说了些什么话。”

“你没必要非毁了我不可呀，是不？我只是个中年女人，我爱你，你想做什么，我都愿意。我已经给毁了两三回啦。你不会想再毁我一回吧，是不？”

“我很想在床上毁灭你几次。”他说。

“好啊。那是很棒的毁灭。我们生来就是为了那样子被毁灭的。飞机明天就会来啦。”

“你怎么知道？”

“我有把握。飞机一定会来的。仆人们已经准备好点火生烟的木头和草。今天我又下去看了一下。地方绰绰有余，我们在空地两头都堆了柴草。”

“你凭什么认为飞机明天会来？”

“肯定会来的，我有把握。到了城里，他们会治好你的腿，然后我们就可以好好地毁灭毁灭，不用聊那种讨厌死了的话题啦。”

“喝一杯怎样？太阳已经落山了。”

“你觉得没问题可以喝？”

“我想喝一杯。”

“那我们一起喝一杯。莫洛，拿两杯威士忌苏打！”

“你最好穿上防蚊靴。”他对她说。

“等洗过澡再穿……”

他们喝着酒，天色渐渐地黑下来，就在快要黑到看不见打枪的时候，一只鬣狗穿过旷野，绕到小山的另一边去了。

“那杂种每天晚上从那边跑过去，”男人说，“两个礼拜了，天天晚上如此。”

“每天晚上吵吵的就是它。我不在意。不过这是一种很恶心的动物。”

一起喝着酒，现在他已经没有疼痛的感觉，只是一直用一种姿势躺着，有点不舒服。仆人们生起了一堆火，火光投下的影子在帐篷上跳动着，他感觉得到，自己又回到了对于这种愉快的投降生活的默认状态。她对他非常好。下午他对她太残忍、太不公平了。她是个好女人，真的很了不起。就在这个时候，他突然想到，他就要死了。

这个念头来得很冲，不像一阵水浪或一阵风，而像是一阵骤然而至、恶臭难闻的空无。奇怪的是，那只鬣狗沿着这空无的边缘，轻轻地溜了过来。

“怎么啦，哈里？”她问他。

“没什么，”他说，“你最好挪到另一边，坐到上风口去。”

“莫洛给你换过药没有？”

“换过了。刚敷上硼酸膏。”

“感觉怎样？”

“稍微有点摇晃不稳。”

"我要去洗澡了，"她说，"一会儿就出来。我跟你一起吃晚饭，然后把帆布床搬进去。"

这么说，我们停止争吵是一件好事，他自言自语道。他同这个女人之间从来不曾比较厉害地争吵过；而他同他所爱的那些女人之间，却总是争吵得厉害，最后往往经不住日积月累的伤损，毁了他们相合的感情。他曾经爱得太深，要求得太多，结果耗尽了激情。

他想起了那一回孤身一人在君士坦丁堡[1]的情形，他是在巴黎吵了一架后跑出来的。一段时间里，他天天眠花宿柳，然后发现那样并没有能消灭孤独感，反而使之变得更加强烈。他便写信给她，那是他的第一个情人，就是在巴黎将他抛弃的那一位。在信中，他向她诉说自己一直没有能忘情……他告诉她，有一回在摄政酒店[2]外面，他以为看见了她，一下子懵了，心里面好难受；他会沿着林荫大道，尾随一个外貌有些地方同她相像的女子，却又害怕看清楚不是她，害怕失去那种错觉所带给他的感觉。他告诉她，他睡了一个又一个女人，但她们一个个只能徒然增添他对她的思念。他对她说，无论她做了什么都决没有关系，因为他知道，他治不好自己对她的相思病。他在冷静和没有喝酒的状态下，在俱乐部酒店[3]写了这封信，寄去纽约，请求她将回信寄到他在巴黎的办事处。那样似乎比较妥当。那天晚上，他非常想念她，觉得心里面空荡荡的很难受。他漫无目的在街上走，路过马克西姆餐厅[4]，搭上一个姑娘，请她一起吃晚饭。后

---

① 土耳其首都伊斯坦布尔的旧称。此城已有近一千八百年历史，自 1453 被奥斯曼帝国征服后，君士坦丁堡与伊斯坦布尔二名称并用，1930 年起君士坦丁堡之名称被终止。

② 高级酒店，在欧洲不少城市有分店，这里指的是君士坦丁堡的摄政酒店。

③ 高级酒店，在世界多地有分店。

④ 马克西姆餐厅是法国最著名的去处之一，是全世界最顶级的餐饮和社交场所。

来他带她去一个地方跳舞，她的舞技很糟，他便丢下她，同一个性感放荡的亚美尼亚姑娘共舞。那姑娘肚皮紧贴着他，磨得几乎发烫。一轮舞下来，他便将她从一个英国中尉炮手身边夺走了。炮手约他出去，他们便在黑暗中，在鹅卵石铺成的大街上打了起来。他击中炮手的下巴一侧两拳，对方却没有倒下，他知道这下子免不了要恶斗一场了。炮手击中了他的身体，又击中他的眼角。他再次挥动左拳击中对方，炮手扑到他身上，揪住他的外套，将一只衣袖撕了下来。他对着炮手耳朵后面擂了两拳，然后一边推开他，一边又用右手重重地揍了他一拳。炮手一头栽倒在地，他拉起姑娘就跑，因为他们听见宪兵过来了。他们拦了一辆出租车，沿博斯普鲁斯海峡开到郊外的雷米利·希萨，兜个圈儿，又在寒冷的夜晚回到城里，上床睡觉。她看上去过于成熟了，摸上去也是一样，不过很柔滑，像玫瑰花瓣，像糖浆，腹部光滑，胸部丰满，且不用在她的屁股下面垫枕头。在她醒来之前，他就离开了；在清晨的第一缕光线中，她的容貌显得够粗俗的。他出现在佩拉宫酒店①，带着一只乌青的眼圈，外套搭在胳膊上，因为没了一只衣袖。

当天晚上，他启程去安那托利亚②。他记得，那次旅行的后半段，他整天骑马穿行在罂粟花田中间，当地人种植罂粟是为了提炼鸦片。那种风景给人的感觉真是奇特。最后，仿佛无论走多近、走多远都走不到似的，他来到了他们和那些从君士坦丁③新调来的军官一起发动进攻的地方。那些军官狗屁也不懂，炮队的炮弹

---

① 君士坦丁堡一家有名的酒店，入住过包括本文作者海明威在内的许多名人。

② 亚洲西南部的一个半岛，又名小亚细亚或西亚美尼亚，现为土耳其的亚洲部分。

③ 君士坦丁与君士坦丁堡不是同一个地方，而是阿尔及利亚第三大城市，阿尔及利亚当时是法国殖民地。这里述及的是土耳其独立战争期间的一次战事。

居然打到了自己的骑兵连，那个英国观察员哭得跟个孩子似的。

就在那一天，他生平第一回看见死人。他们穿着白色芭蕾舞裙，还有缀着绒球的翻边鞋。土耳其人一直不断地一波一波涌上来，他看到那些穿裙子的士兵在逃跑，军官们向那些士兵开枪，接着自己也开始逃。他和那个英国观察员也跑起来，直跑得他肺疼，嘴里满是铜腥味儿。他们停下来，躲在大石头后面喘口气，而土耳其人依旧在一拨一拨地拥上来。后来他看到的事情是他永远不敢回想的，再后来他又看到了更可怕的事情。所以，那次他回到巴黎后，他无法开口谈论这件事，甚至连提一下都受不了。经过咖啡馆的时候，他看见那个美国诗人坐在里面，面前一大堆托碟，土豆脸上一副蠢相，正同一个罗马尼亚人大谈达达主义[①]。那个罗马尼亚人说自己名叫特里斯坦·查拉[②]，总是戴一只单眼镜，有头痛的毛病。他回到了公寓，和妻子待在一起，这时他又爱妻子了，争吵已经过去，疯魔已经过去，他很高兴回到家，办事处把他的信件都送到上面公寓里来。于是，一天早晨，他在君士坦丁堡写的那封信的回信放在盘子里送来了。看到信封上的笔迹，他浑身发冷，想悄悄地将它塞到另一封信底下去。可是他的妻子说："是谁来的信，亲爱的？"于是，那件事在开始阶段便结束了。

他回想起他同她们每个人在一起时的好时光和争吵时的情形。她们争吵时总是挑最佳场合。她们为什么总是在他感觉最好的时候跟他吵呢？这种事他从来没有写过，因为首先，他绝不愿意伤害她们中的任何一个；其次，好像不写这种事，可以写的东

① 达达主义是一个著名而短暂的艺术运动，追求"无意义"的境界，是对传统艺术和美学和颠覆，1916 年—1923 年间出现在法国、德国和瑞士。

② 特里斯坦·查拉是达达主义文学的代表人物，瑞士人。

西也已经够多了。但他一直认为，这种事最终他还是会写的。可以写的东西太多了。他看到了世界的变化，这不只是指那些大事。虽然他经历过许多大事件，一直在观察世人，但他也看到了那些微妙的变化，记得世人在不同时期的状态。他置身于这种变化之中，一直在观察着，把它写出来是他的责任，但是现在他永远也不会写出来了。

“你感觉怎样？”她说。她洗好澡，从帐篷里出来了。

“还行。”

“现在吃得下东西吗？”他看见莫洛拿着折叠桌站在她身后，另一个仆人端着盘子。

“我想写作。”他说。

“你应该喝点肉汤，好保持体力。”

“今晚我就要死了，”他说，“我不需要保持体力啦。”

“别那么夸张，哈里，求你啦。”她说。

“你干吗不用你的鼻子闻一闻？我的大腿都已经烂了半截啦。干吗还要跟肉汤瞎胡搞？莫洛，去拿威士忌苏打。”

“求你喝点肉汤吧。”她温柔地说。

“好吧。”

肉汤太烫了。他只好把汤盅端在手里，等到凉下来可以喝了，然后一点也没吐全喝了下去。

“你是个好女人，”他说，“别为我费心啦。”

她望着他，脸上露出那种为众人所熟悉的、令人愉快的笑容。那是一张因为《靴刺》和《城市与乡村》[①] 而为众人所熟悉和喜爱的脸，

---

① 这两本都是美国的时尚休闲杂志，后者至今仍出版发行。

因为嗜酒，因为贪恋床笫之欢而稍有些逊色了；但《城市与乡村》从未展示过她那两只漂亮的乳房，那两条能干的大腿，那两只抚爱脊背时稍嫌小的手。他望着她时，感觉到死神又一次来临了。

这一回来得不冲。它是轻轻的噗一下，像一股令烛光摇曳、烛焰腾高的微风。

“待会儿可以让他们把我的蚊帐拿出来，挂在树上，再生一堆火。今晚我不去帐篷里睡了。犯不着搬进搬出。今夜是个晴朗的夜晚，不会下雨的。”

看来，这就是你的死法了：在你听不见的悄声细语[①]中死去。好吧，不会再有争吵了。这一点他可以保证。他从来不曾有过的这个体验，他现在不会去败坏它了。他有可能会。你把一切都给败坏了。但他也许不会。

“你会做笔录吗，会不会？”

“我没学过。”她告诉他说。

“好吧。”

当然，已经没有时间了。不过那些记忆仿佛是可以套叠的，如果你方法正确，便可以把它们全部收缩到一段里面去。

在一座俯瞰着湖水的小山上，有一栋圆木构筑、灰泥嵌白的房子。门边竖着一根竿子，竿子上挂着一只铃铛，那是用来呼唤外面的人回屋吃饭的。房子后面是田野，田野后面是树林。一排箭杆杨从房子一直延伸到码头，岬角边沿也围着箭杆杨。一条小路从树林边往山上而去，他曾沿这条路采摘黑莓。后来，那栋圆木结构的房子烧毁了，挂在壁炉上方鹿脚架上的几支枪也烧坏

① 这里是就睡在外面而言，夜间大自然的各种声音。

了。后来那些枪筒，连同融化在弹夹里的铅弹，还有完全烧毁的枪托，都摆在那一堆草木灰上；那些灰原本是要放进做肥皂的大锅，用来熬碱水的。你问祖父坏枪可不可以拿去玩，祖父说不行。你明白，那堆残骸仍旧是他的枪，而他再也没有去买别的枪。他也没有再去打猎。房子用圆木在原地重新造起来了，刷成了白色，从门廊里你可以看见那些箭杆杨和远处的湖水，但是枪再也没有了。那些曾经挂在圆木房子墙上的鹿脚架上的枪筒，如今摆在那堆草木灰上，再也没有人去碰过它们。

战后，我们在黑森林租了一条鳟鱼小溪①，去那儿有两条路可以走。一条路是从特里堡②下到溪谷里，在树荫下沿着谷中小路绕行（那条白色小路的路边上都是树），然后走上一条岔路，向前穿过山岭，途经许多矗立着黑森林式大房子的小农场，最后来到小路和溪流的交叉处。我们就在那儿开始钓鱼。

另一条路是爬陡坡到达树林边缘，然后穿过松林翻越山顶，从林中出来到达一片草地的边缘，穿过那片草地走到桥边。溪边有一溜桦树，溪水不大，窄窄的一条，清澈而湍急，在桦树根下面冲出了一个个水潭。在特里堡的旅馆里，店主经历了一个旺季。这是一件欢喜事，我们大家都是非常要好的朋友。第二年发生通货膨胀，他上一年挣的钱还不够拿来买旅馆用品，店开不下去，他上吊了。

这些事你可以口述，但护墙广场③你无法口述。那地方，卖花人在大街上给花儿染色，滴下来的颜料水在路面上流淌；那

---

① “战后”指第一次世界大战结束后；黑森林是德国最大的森林山脉，著名的旅游胜地，其西边和南边是著名的莱茵河谷，《白雪公主》和《灰姑娘》等著名童话故事即发生于黑森林。

② 特里堡位于黑森林的正中心，有最美的黑森林童话小镇之称。

③ 巴黎景点之一，本文作者曾在此广场附近居住和写作。

儿是公共汽车发车的地方，老头儿和女人总是喝葡萄酒和劣质果渣酒[1]，灌得醉醺醺的；寒风中，孩子们淌着鼻涕；你闻得着臭汗和贫穷的气味，看得见“业余爱好者咖啡馆”里的醉态，还有“奏乐舞厅”[2]里的妓女，她们就住在舞厅的楼上。女门房在她的小隔间里招待共和国卫队的骑兵，一张椅子上放着他的插着马鬃的头盔。门廊对面那个房客，她的丈夫是个自行车赛车手，那天早晨，她在乳品店打开《汽车报》，看见他第一次参加大赛就在环巴黎自行车赛上获得第三名，乐开了花。她满脸通红，笑个不停，然后她手里拿着那张黄色的体育报纸，上楼去哭了一场。经营“奏乐舞厅”的那个女人，她的丈夫是开出租车的，有一回，他，哈里，必须去乘早班飞机，那人便来敲门叫醒他；动身送他去机场之前，他们还一起在酒吧间的包锌吧台前喝了一杯白葡萄酒。当年，那个街区的邻居他都很熟，因为彼此都是穷人。

广场周围住着两种人：酒鬼和运动爱好者。酒鬼用酗酒来镇住贫困，运动爱好者用锻炼来驱除贫困。他们是巴黎公社拥护者的后代，对于他们来说，了解自己的政治是不用下功夫的。他们知道是谁开枪杀死了他们的父老兄弟、亲戚朋友。当年凡尔赛的军队开进巴黎，继公社之后占领了这座城市，被抓到的人凡手上有茧的、戴便帽的，或有其他任何标志说明是做工的人的，一律处决。正是在那样一种贫困中，在街对面是一家马肉铺和一家酒业合作社的那个街区里，他开始了他的写作生涯。

在巴黎，别无任何一处地方令他如此衷爱：撑开着枝桠的树，年代久远、白灰泥墙、墙脚刷成棕色的房屋，那一片圆形广

---

① 一种用葡萄渣蒸馏出来的白兰地。

② 一种大众舞厅，有手风琴乐队伴奏。

场上那些长长的绿色公共汽车，路面上流淌的紫色染花颜料水，从小丘上下来直往塞纳河而去的勒蒙纳红衣主教大街，还有另外一个方向穆浮塔街那个狭窄拥挤的世界[①]……那条通往先贤祠的大街和另外一条他常常骑自行车的大街，整个那一片地区仅有的沥青路，车胎滚过去时感觉那么光滑；街两边的房子高耸而狭小，那幢高高的小楼是一家廉价旅馆，保尔·魏尔伦[②]就死在里边。他们住的公寓只有两个房间，另外，他在那家旅馆的顶楼有一个房间，花每月六法郎租了写作用的，从里面可以看到鳞次栉比的屋顶、烟囱顶管和巴黎所有的山丘。

从公寓里却只能看到那个卖木柴和煤炭的人的店铺。那人也卖酒，劣质葡萄酒。马肉铺外面挂着金色的马头，敞开的窗户里面挂着金黄色和红色的马肉。人们在漆成绿色的酒业合作社里买酒喝，又好又便宜的葡萄酒。另外就只能看见街坊邻居的窗户和涂灰泥的墙了。夜里，有人喝醉了躺在大街上哼唧和呻吟，这就是那种典型的法国式醉酒，你所受的宣传要你相信它并不存在的。这时，你会看到街坊邻居打开窗户，然后听见他们低声嘟囔。

“警察上哪儿去了？那个屁精总是在你不需要的时候出现，这会儿准是跟哪个女门房睡觉去啦。报警吧。”最后有人倒下去一桶水，呻吟声停了下来。“什么声音？哦，是水，聪明的主意。”于是，一扇扇窗户都关上了。他的女仆玛丽抗议八小时工作制时曾经说：“做丈夫的要是工作到六点钟，他只会在回家的路上很快地喝几杯，浪费的钱也不多。如果只要工作到五点钟，那他就

---

① 穆浮塔街是巴黎最古老的露天市集之一，故有此说。
② 保尔·魏尔伦（1844—1896），法国著名诗人。

会天天晚上喝得醉醺醺的，钱你就一个子儿也拿不到了。这种缩短工作时间，遭罪的还是工人的老婆哟。”

“再喝点儿肉汤好吗？”这时，女人问他道。

“不喝了，多谢你。汤好喝极了。”

“再喝一点点。”

“我想喝一杯威士忌苏打。”

“喝酒对你不好。”

“是啊，喝酒对我有害。科尔·波特[①]写过这方面的歌曲。这种知识使你快要受不了我啦。”

“我喜欢你喝酒的样子，你知道的。”

“哦，是啊，只不过喝酒对我有害。”

他心想：她走开后，我想要的一切很快我就会得到啦。不是我想要的一切，而是摆在那儿的一切。唉。他累了。太累啦。他要稍微睡一会儿。他静静地躺着，死神不在。它一定是到另一条街上溜达去啦。它成双结对地溜达，骑着自行车，无声无息地在人行道上前行。

不，他从来不曾写过巴黎。他喜欢的那个巴黎。不过，他未曾写过的其他东西又如何呢？

那个大牧场，那些银灰色的山艾树灌木丛，清澈湍急的灌溉渠水，墨绿的紫花苜蓿，又如何呢？还有那条通往山里的小径，像鹿一样胆怯的牛群；秋天的时候，你把它们赶下山来，吆喝声和不停息的喧嚷声夹杂在一起，乌泱泱一大群缓缓移动着，扬起漫天的尘土。暮光之中，在群山的后面，远峰清晰如画；月光下

① 科尔·波特（1891—1964），美国著名的作曲家和音乐剧作家。

你骑马走在小径上，溪谷对面山坡上一片清辉。他记得，夜里面穿过林子下山时，看不见路，就抓住马尾巴跟着走。这些故事都是他想写出来的。

那个打短工的弱智小伙子，那一回他们留下他一个人在牧场，还嘱咐他别让人偷走一根干草。偏偏福克斯镇[①]那个老杂种路过，停下来想喂喂马；老家伙曾经雇小伙子干过活，还揍过他。小伙子不让他拿草料，老家伙就说要再揍他一顿。小伙子跑去厨房，把来复枪拿来，看见他往谷仓里面闯，一枪把他撂倒了。他们回到牧场时，老家伙已经死了一个礼拜，躺在畜栏里冻得硬邦邦的，尸体已经被狗啃掉了一部分。但你用毯子将残尸裹起来，放在雪橇上用绳子捆好，还叫那小子帮你一起拽，然后你们两个蹬着滑雪板带着尸体上路，赶了六十英里[②]来到镇上，将小子递解过去，这时候，他还没意识到自己会被捕。他想着自己尽了职，你是他的朋友，他会得到奖赏呢。他帮着将老头儿拖到镇子上来，是为了让大家都能了解老家伙一向是多么坏，又如何想偷草料，那可不是他自己的东西。警长给他戴上手铐时，小伙子简直不敢相信。于是他大哭。这个故事他是攒在那儿准备写出来的。他知道那个地方至少二十个好故事，却一个也没有写。为什么？

"你跟他们讲讲为什么吧。"他说。

"什么为什么，亲爱的？"

"没什么为什么。"

---

① 美国华盛顿州一小镇，近年因系列电影《暮光之城》而名声大噪。

② 1 英里约为 1.6 公里。

她自从有了他以后，酒喝得没那么多了。但是只要他活着，他是绝不会写她的事情的，这一点他现在意识到了。也不会写她们中的任何一个。有钱人愚钝，不是酒喝得太厉害，就是玩巴加门[①]太多。她们愚钝而且啰嗦。他记得可怜的朱利安，记得他对于富人的带有浪漫主义意味的敬畏，记得他的一篇小说这样开头："富人跟你我不一样。"[②]有人曾经这样回敬朱利安：是啊，他们比我们钱多。但在朱利安听来，这话并不幽默。他认为他们是一个特别富有魅力的族类，等到他发现并非如此时，他便被毁了，其程度恰如他被其他随便什么东西毁了一样[③]。

他一向瞧不起那些毁掉的人。一件事物你既已了解，就不是非喜欢它不可了。他觉得自己什么样的关口都过得去，因为无论什么事情，只要他不放在心上，就无法伤害他。

好吧。现在他不会将死亡放在心上了。先前他一直害怕的一件事是疼痛。他像别的男人一样忍得住痛，只要疼痛延续的时间不太长，别把他弄得筋疲力尽。但这一回他有个地方伤太厉害了，正当他觉得自己快要被它弄垮的时候，疼痛停止了。

他记起多年前的那个夜晚，投弹军官威廉森钻过铁丝网爬回来时，德军巡逻队的一个兵向他投了一枚手榴弹。他被炸伤了，尖叫着，求大家开枪打死他。他是个胖子，虽然爱作一些离奇古怪的显摆，却很勇敢，是个好军官。可那天晚上他被卡

---

① 一种西洋的双陆棋，两个人玩，各十五子，掷骰子决定行棋格数。

② 这句话出自美国二十世纪另外一个伟大小说家菲茨杰拉德的小说《阔少》的第三小节，原话是："让我来告诉你富人究竟是怎么回事，他们跟你我不一样。"成名较早的菲茨杰拉德曾举荐过本文作者海明威。

③ 这里可能是暗示菲茨杰拉德毁在奢侈无度且有精神病的妻子泽尔达手里，海明威和她之间互有敌意。

在铁丝网里了，随着一颗照明弹将他照亮，他的肠子被炸出来钩在了铁丝网上。所以他们不得不把他的肠子割断，才将他抬了回来，当时他还活着。开枪打死我，哈里。看在基督的面上，开枪打死我吧。有一回，他们曾经争论过凡主所赐予无有不可忍受这句话；有一种理论就是这样说的，意思是过一段时间，痛苦会自行消失。但是他一直忘不了威廉森，那个夜晚的威廉森。痛苦并没有从威廉森身上消失，最后他拿出一直留着给自己用的吗啡药片，全都给威廉森吃了，也并没有当时就立刻见效。

不过，现在他所承受的痛苦是很轻的。如果就这样下去，情况不恶化，便没有什么好担心的。只除了他希望有更多的人陪伴在身边。

他想了一想自己会希望有哪些人陪伴。

不，他心想，你做每一件事都做得太久，做得太晚，你就不能指望发现别人仍然在陪你啦。人已经全走了。酒尽杯空，曲终人散，现在只剩下你和女主人啦。

我越来越对死感到厌倦了，就像对所有别的事情一样，他心想。

“真让人厌倦。”他说出声来。

“什么事让人厌倦，亲爱的？”

“所有做起来时间长得要命的事。”

他望着她的脸。她背靠着椅子背，坐在他与篝火之间；一张线条可爱的脸，映照着火光。他看得出来，她已经困了。他听见鬣狗弄出来的一记声响，就在火光照到的范围之外。

“我一直在写作，”他说，“我累啦。”

“你觉得能睡着吗？”

“肯定能。你干吗不进去睡觉？”

“我想坐这儿陪着你。”

“你感觉到什么奇怪的东西了吗？”他问她。

“没有，就感觉到有点困。”

“我感觉到了。”他说。

刚才他感觉到死神又一次从身旁经过。

“你知道，我唯一从来不曾失去过的东西是好奇心。”他对她说。

“你什么也没有失去过。你是我认识的最完美的男人。”

“基督啊，”他说，“女人的见识真是太少啦。凭什么？你的直觉？”

就在这个时候，死神已经来到了，它将头靠在帆布床的脚上，他闻得出它的气息。

“绝不要相信死神是一把镰刀加一个骷髅头那种说法，”他告诉她说，“它很可能就是两个骑自行车的警察，或者是一只鸟儿。也可能像鬣狗一样，有一张很宽的口鼻。”

这会儿它已经进逼到他身边，但它已经不具有形状。它只是将空间占了。

“叫它滚开。”

它没有滚开，而是又逼近了些。

“你呼出来的气真是难闻得要命，”他对它说，“你这个臭烘烘的杂种。”

它还在一点点地凑近他，现在他无法对它说话了；它发现他说不出话来，就又凑近了一点。现在他想一言不发地将它打发走，但它却上来了，将重量全压在了他的胸口。它趴在他身上，他不能动弹也说不出话，这时他听见女人说道：“先生睡着了。把帆布床抬起来，好好轻一点，抬进帐篷里去。”

他说不出话来，没法叫她把它赶走；现在它趴在身上分量更重了，已经压得他透不过气来。然后，当他们抬起帆布床的时候，突然就没事了，他胸口的重压消失了。

现在是早晨，天已经亮了一段时间了，他听见飞机的声音。开始它显得只有一丁点大，然后转了一个大圈子。仆人们跑出来用煤油点着了火，堆上草，于是平整的空地两头起了两股浓烟。晨风将烟吹向帐篷，飞机又转了两个圈子，这回飞得低了。接着，飞机向下滑翔，拉平，平稳地降落在了空地上。迎面向他走来的是老康普顿，下身一条宽松长裤，上身一件花呢夹克，头上一顶棕色毡帽。

“出什么事啦，老兄？”康普顿说。

“腿坏了，”他告诉他说，“先吃点早饭吧？”

“谢谢。只要喝点茶就行啦。你知道，这是架‘银色天社蛾’。我不可能搞到一架‘夫人’。只坐得下一个人。你的卡车在路上。”

海伦把康普顿拉到一边去了，正在跟他说些什么。回来的时候，康普顿显得比什么时候都更快活。

“我们得马上把你弄上飞机，”他说，“我还要回来接你太太。这样恐怕我就要在阿鲁莎①停一下了，加点油。我们最好现在就走。”

“茶也不喝了？”

“喝不喝其实我无所谓的，你知道。”

仆人们抬起了帆布床，绕过那些个绿色的帐篷，沿着岩石往下走，来到旷野上。借着风势，那两堆生烟的火此刻烧得很旺，草已经全烧光了；他们顺着两堆烟火走过去，来到小飞机跟前。把他弄进去很费了些事，但一进飞机，他就躺靠在皮椅子里，将那条伤腿直挺挺地伸到康普顿的驾座一侧。康普顿发动了引擎，然后钻进了飞机。他挥手向海伦和仆人们告别，随着引擎的咔嗒声变成熟悉亲切的轰鸣

---

① 坦桑尼亚北部行政区阿鲁莎区的首府。

声，他们摇摇晃晃地转起弯儿来。康培[①]留神避开疣猪坑穴，飞机轰鸣着，沿着两堆火之间的跑道颠簸着往前冲。随着最后一下颠簸，飞机起飞了；他看见他们都站在下面，朝飞机挥手。那些依山搭建的帐篷现在变得越来越扁平，旷野延展开去，树林成了一小簇一小簇，那片灌木丛也越来越扁平了。野兽踏出来的那些小径，现在看上去都很平坦地伸向一个个干涸的水洼，其中有一处新水源，那是他一直不知道的。斑马现在成了一个个小小的、圆滚滚的脊背。那些大头的小点儿是牛羚，它们像一根根长手指般在旷野上移动时，看上去简直像在爬。飞机的影子过来了，它们四散奔逃，现在它们只有一丁点小了，已经看不出它们在飞奔。目力所及，旷野现在是一片灰黄色；眼前则是老康培的粗花呢脊背和棕色毡帽。这时他们正飞过平原尽头的第一排小山，那些牛羚正沿着小径往山上爬。接着，他们飞到了群山的上空，看见突现的深谷里生长着绿意蓬勃的树林，山坡上绵延着浓密的竹林，然后又是密密的树林，刻画出山峰与山谷，最后交叉在一起。山峦渐渐平缓，接下来是另一片平原。这会儿热起来了，紫褐色，又颠簸又热，康培回过头来看看他飞得好不好。前面又是黑压压的一片群山。

接下来他们并没有飞往阿鲁莎，而是转弯向左飞去，显然，康培算下来认为汽油足够了。他向下面望去，看见一片粉红色的、像筛下来的粉一样的云，在大地上方飘移着。从空中望去，它像是一阵无有来处的暴风雪的前锋。他知道，这是蝗虫从南方过来了。接下来他们开始爬升，似乎在向东飞去。随后，周围暗了下来，他们飞进了暴雨之中。雨太大了，仿佛他们是从瀑布中穿过似的。然后他们出来了，康培转过头来，咧开嘴笑着，用手指了指。他看见了，在前方，占满

---

① 康普顿的昵称。

视野，宽广如整个世界的，那么雄伟，那么高，在阳光下白得令人无法置信的，那是乞力马扎罗山的方形山巅。这时他明白了，那就是他要去的地方。

就在这个时候，鬣狗在夜里停止了呜咽，开始发出一种奇怪的，差不多像哭一样的人声。女人听到了，不安地动了一下。她没有醒。在梦中，她在长岛的宅子里，那是她女儿初次参加社交活动的前夜。不知怎么的，她父亲也在场，他的态度一直很粗暴。这时，鬣狗发出的哭声太响，把她吵醒了。有一会儿，她不知道自己身在何处，心里很害怕。然后她拿起手电筒，向另一张帆布床照过去：先前哈里一睡着，他们便将他抬了进来。隔着蚊帐，她看得见他的身躯，但不知怎么的，他那条腿钻出来了，耷拉在床边。敷着药的纱布全脱落下来了，她无法再看下去。

"莫洛，"她喊道，"莫洛！莫洛！"

然后她唤道："哈里，哈里！"然后她提高了声音："哈里！求求你。哦，哈里！"

没有回应，她听不到他的呼吸声。

帐篷外面，鬣狗还在发着那种奇怪的声音，刚才她就是被它吵醒的。但现在她听不见，她的心跳得太厉害了。

（张炽恒　译）

白象似的群山

埃布罗河谷[1]的对岸，是连绵的白色山峦。河谷这一边是一片无遮无盖的大地，见不到一棵树；车站夹在太阳底下的两条铁轨中间。紧贴车站的一侧，一座房子投下一片暖烘烘的阴影。这间酒吧的门敞开着，一道竹珠串编的帘子挂在门口挡苍蝇。美国人和同他一起的那个姑娘坐在房子外面，在阴影中的一张桌子旁边。天很热，从巴塞罗那[2]来的快车还有四十分钟才会到。火车在这个交会小站停两分钟，然后开往马德里。

“我们喝点什么呢？”姑娘问。她脱下了帽子，放在桌子上。

“好热。”男子说。

“那就喝点啤酒吧。”

“两杯啤酒[3]。”男子朝门帘里面说。

“大杯的？”门口一妇人问道。

“对。两大杯。”

妇人端来两玻璃杯啤酒，外带两个毛毡杯垫。她将垫子和啤酒一一放在桌上，看看男子，又看了看姑娘。姑娘正眺望着山峦的峰线。阳光下那些小山呈着白色，旷野则是

---

① 埃布罗河完全在西班牙境内，是西班牙最长的河流。
② 西班牙名城和第二大城市，濒临地中海。
③ 原文为西班牙语。

褐色的，单调乏味。

“那些山看上去像白象[①]。”她说。

“我从没见过白象。”男子喝着啤酒。

“是啊，你不可能见过。”

“也许我曾经见过呢，”男子说，“光凭你说我不可能见过，那是证明不了什么的。”

姑娘望着珠帘。“帘子上有画儿，”她说，“说的什么意思？”

“大茴香酒[②]。一种饮料。”

“尝尝好吗？”

男子朝门帘里面喊了一声“来人”。妇人从酒吧里走了出来。

“四个里亚尔[③]。”

“来两杯大茴香酒。”

“掺水吗？”

“你要掺水的吗？”

“我不知道，”姑娘说，“掺水好喝吗？”

“挺好喝的。”

“你们想要掺水的吗？”妇人问。

“是，掺水的。”

“这酒的味道像甘草。”姑娘一边说，一边放下玻璃杯。

“都是这样的。”

“是啊，”姑娘说，“都是甘草味儿的。特别是所有你等待了很久的东西，苦艾酒就是。”

---

① 在印度等国，白象是神圣之物。在英语中，“白象”一词演化出了“昂贵却无用之物”的含义。

② 原文为西班牙语。

③ 旧时西班牙货币名。

“哦，别说了。”

“是你开的头，”姑娘说，“刚才我挺开心。刚才我心情挺好的。”

“好吧，那我们就想办法心情好些。”

“好啊。刚才我一直在努力。刚才我说那些山像白象。这是不是一个光明的想法？”

“很光明。”

“我还说想要尝尝这种没喝过的饮料。没别的事做呀，就是看看风景，尝尝没喝过的饮料，是不？”

“是这样的。”

姑娘望着河谷对面的山峦。

“那些山很可爱，”她说，“并不是它们真的看上去像白象。我的意思就是，透过树木看山的颜色，很像。”

“再来一杯好吗？”

“好啊。”

暖风吹动下，珠帘拂着桌子。

“这啤酒凉冰冰的，味道很好。”男子说。

“很好喝。”姑娘说。

“其实是个简单得要命的手术，吉格，”男子说，“根本算不上一个真正的手术。”

姑娘眼睛看着桌子腿下面的地面。

“我知道你不会在意的，吉格。那真算不上一回事。只不过是放些空气进去。”

姑娘一言不发。

“我和你一起去，我会自始至终在你身边。他们只是放些空气进去，然后就万事大吉，一切如常了。”

“那以后我们怎么办呢？”

“以后我们会好好的，就像以前一样。”

“你怎么会这样想呢？”

“只有这一件事让我们烦恼呀。只有这一件事使我们不快乐。”

姑娘望着珠帘，伸出手来握住两串珠子。

“你觉得然后我们就和和美美、快快乐乐了。”

“那是啊。你不必害怕，我认识不少做过的人。”

“我也认识一些，”姑娘说，“过后他们都过得很快乐。”

“嗯，”男子说，“如果你不愿意，不是非做不可的。你不愿意的话我不会勉强你。不过我了解，那是简单之极的手术。”

“你真的希望我做？”

“我觉得这是最好的办法。但我不希望你勉强去做，你若不是真心愿意的话。”

“假如我做了，你会感到快乐，一切会像从前一样，你会很爱我？”

“现在我也爱你。你知道我爱你。”

“我知道。但假如我做了，我再说一样东西像白象的时候，是不是就又会和和美美了，你会喜欢我那样说？”

“我会很喜欢的。现在我就很喜欢，只是没法子把心思放在上面。你知道我心里面烦恼时是什么德性。”

“假如我做了，你就不会再烦恼？”

“我不会为手术烦恼的，因为简单极了。”

“那我就做吧。因为我不在乎自己。”

“你这话什么意思？”

“我不在乎自己。”

“嗨，可我在乎你。”

“哦，是的。可我不在乎自己。我把手术做了，然后就万事大吉，一切顺利了。”

“如果你这样想，我倒不希望你去做了。”

姑娘站起身来，走到车站尽头。对面，铁路的另一侧，沿着埃布罗河的两岸，绵延着麦田和树木。远处，大河的另一边，是起伏的群山。一片云影掠过麦田，透过树木，她看到了河流。

“我们原本可以拥有这一切的，”她说，“我们原本可以拥有一切，却弄得一天天越来越不可能了。”

“你说什么？”

“我说我们原本可以拥有一切。”

“现在也可以啊。”

“不，不可能了。”

“我们可以拥有整个世界。”

“不，不可能了。”

“我们可以游遍天下。”

“不，不可能。我们不再拥有了。”

“世界属于我们。”

“不，不属于。一旦被夺走，就再也要不回来了。”

“可是还没有被夺走呀。”

“我们等着瞧吧。”

“回到阴凉的地方来吧，”他说，“你没必要有这种情绪。”

“我什么情绪也没有，”姑娘说，“只是我心里明白而已。”

“我不会勉强你做任何事，如果你不想做……”

“或者做了对我不好，”她说，“我知道啦。再喝一杯好吗？”

“好啊。但你一定要了解……”

“我了解啦，”姑娘说，“我们可不可以不要再聊了？”

他们在桌边坐下来，姑娘的眼睛望着河谷对面干涸的坡岸上的山峦，男子的眼睛望着姑娘和桌子。

“你一定要了解，”他说，“如果你不愿意做，我是不希望你去做的。如果这件事对你意义重大，我十分愿意整个儿地承担下来。”

“难道它对你来说没什么意义吗？我们原本可以应付的。”

“那当然。不过我什么人也不要，只要你。别的人我谁也不要。而且我知道手术极其简单。”

“是啊，你知道的，手术极其简单。”

“你要这样说我也没办法，不过我确实知道。”

“你可以现在替我做一件事吗？”

“我愿意为你做任何事。”

“那我拜托你，求求你拜拜你谢谢你，不要再说了好不好？”

他没再说什么，只把眼睛望着靠在车站墙根的旅行包。包上贴着他们曾经过夜的所有旅馆的标签。

“但我并不希望你做，”他说，“怎么样我也不在乎。”

“我要尖叫了。”姑娘说。

妇人端着两杯啤酒从帘子里走出来，将酒杯放在了已经有点湿的杯垫上。“火车五分钟后到。”她说。

“她说什么？”姑娘问。

“再过五分钟火车就到。”

姑娘送给妇人一个明朗的微笑，表示谢意。

“我还是把行李拿到车站另一边去吧。”男子说。她冲他笑了一下。

“好。然后回来我们把啤酒喝完。”

他提起两个沉重的旅行包，绕过车站，送到了另一条铁轨边。他顺着铁轨，向车来的方向望去，但看不见火车的影子。回来时他穿过酒吧，看见候车的人们在里面喝酒。他在吧台边喝了一杯茴香酒，看了看周围的人。他们都在心平气和地等火车。他撩开珠帘走了出去。她正坐在桌边，向他微笑着。

“你感觉好些了？”他问。

“我感觉挺好，”她说，“我没事。我感觉挺好。”

（张炽恒　译）

印第安人营地

湖岸边，又一条小划艇被拖了过来。两个印第安人站那儿等着。

尼克和父亲上了小划艇，坐在船尾。两个印第安人将船推下水去，其中一个上来给他们划船。乔治叔叔坐在皮筏子①的尾部，年轻的那个印第安人将它推下水，上去给乔治叔叔当划桨手。

黑暗中两条小船离了岸。尼克听见另一条船的桨架发出的声响，夜雾中在他们前头挺远。两条船上的印第安人一下一下快速地划着，搅起一轮轮的水浪。尼克仰面躺倒，父亲的手臂搂着他。湖面上很冷。给他们划船的印第安人非常卖力，但这段时间里，夜雾中另一条船跑在前头更远了。

“我们去哪儿，爸爸?”尼克问。

“去那边印第安人的营地。有个印第安女人病得很厉害。”

“哦。”尼克说。

他们到达湖湾对岸时，发现另一条船已在湖滩上。乔治叔叔在黑暗中抽雪茄。年轻印第安人过来，将他们的船拖上了湖滩。乔

---

① 原文为 camp rowboat，这是印第安人营地迁徙时随同携带的一种轻便小船，通常用兽皮蒙在船骨架上制成，故干脆做此译。

治叔叔递给印第安人一人一支雪茄。

他们离开湖滩，穿过一片湿漉漉浸透了露水的草地往前走，年轻印第安人提着一盏灯走在前头。接着他们进了一片树林，顺着一条小径走，来到一条折向山里的伐木道上。这条路上光线亮多了，因为路两边的树木都已经被砍伐掉。年轻印第安人停住脚，吹灭了灯，一行人沿着伐木道继续前行。

转过一个弯后，一条狗吠叫着冲了出来。前面，几座棚屋里透出灯光来，里面住的是以剥树皮[①]为生的印第安人。又有几条狗冲出来，两个印第安人将它们喝叫回棚屋里去了。最靠近路边的那座棚屋窗户上映着灯光，一个老妇人举着一盏灯站在门口。

屋子里，一张木板床上躺着一个年轻的印第安人女人。已经两天了，她还没有把孩子生下来。营地里所有的老妇人都过来帮她了。男人们跑到听不见她的叫喊声的地方，在黑暗中坐在路边抽烟。尼克和他的爸爸、两个印第安人，还有乔治叔叔走进棚屋的时候，她正在尖叫。她躺在下铺，被子下面肚子高高地隆起。她的脑袋扭向一侧。上铺是她的丈夫。三天前，他用斧子干活时砍了自己的脚，伤得很重。他正在抽烟斗。屋子里气味很难闻。

尼克的父亲叫人在炉子上烧些水，趁烧水的时间，他同尼克说话。

“这位夫人要生孩子了，尼克。”他说。

“我知道。”尼克说。

“你并不知道，”父亲说，“听我说。她正在经历的过程叫作阵痛。婴儿想生下来，她想把婴儿生下来。她全身的肌肉都在努力，要把婴儿生下来。这就是她尖叫的时候发生的事。”

---

① 给伐倒的树木剥皮。

“我明白了。”尼克说。

就在这个时候，女人又尖叫起来。

“哦，爸爸，你不能给她点东西，让她不叫吗？”尼克问。

“没办法。我没带麻药，”他父亲说，“叫就叫吧，这不重要。我只当听不见，因为这不重要。”

上铺女人的丈夫翻了个身，脸冲着墙。

厨房里的妇人向医生打了个手势，告知水热了。尼克的父亲走进厨房，将大水壶中的水倒了大约一半在盆里。他解开手绢，把包在里面的几样东西放进了壶中剩下的水里。

“这水要烧开。”他说，拿出从营地带来的一块肥皂，开始在那盆热水中洗手。尼克看着父亲的两只手打了肥皂，互相揉搓着。父亲一边仔仔细细地洗手，一边同尼克说话。

“你瞧，尼克，婴儿出生时一般是头先出来的，但有时不是。如果不是的话，就会给大家造成许多麻烦。也许我得给这位女士动手术呢。一会儿就知道了。”

他觉得手洗得够干净了，便走进去，准备干活儿。

“你来把被子撩开好吗，乔治？”他说，“我还是不要碰它的好。”

过了一会儿，他开始动手术了。乔治叔叔和三个印第安人将女人按住，不让她动。她咬住了乔治叔叔的手臂，乔治叔叔说：“该死的狗婆娘！”给乔治叔叔划船的年轻印第安人听了直笑他。尼克为父亲端着盆。手术进行了很长时间。父亲将婴儿抱出来，拍一拍，让他开始呼吸，然后递给老妇人。

“看到了吧，是个男孩儿，尼克，”他说，“怎么样，做个实习医生感觉还不错吧？”

尼克说：“还好。”他眼睛望着别处，以免看见父亲正在做的事。

“行了，这样就完成啦。”他父亲一边说，一边将一样东西放进盆里。尼克不去看。

“现在还有缝几针的活儿要干。你看也行，不看也行，随便你，尼克。我得把我切开的口子缝合好。”

尼克没有看。他的好奇心早已经消失啦。

他父亲干完活儿，站直了身子。乔治叔叔和三个印第安人也站了起来。尼克把盆子端出去，放在厨房里。

乔治叔叔瞅着自己的手臂。年轻印第安人笑着，仿佛想起了什么似的。

“待会儿我给你涂点双氧水，乔治。”医生说。他向印第安女人俯下身去。现在她安静了，眼睛闭拢着。她脸色苍白。她不知道婴儿的情形，周围的情形一概不知。

“明天上午我再过来，”医生站直了身子，说道，“圣伊格纳斯的护士大概中午到，她会带来我们需要的所有物品。”

他感到兴奋，话多起来了，就像更衣室里刚踢完一场球的足球队员一样。

“这例手术可以上医疗杂志了，乔治，”他说，“用一把大折刀做剖宫，用九英尺捻细的肠衣线缝合。”

乔治叔叔靠墙站着，看着自己的手臂。

“哦，你是个了不起的人，确实是的。”他说。

“该看一下那位得意的爸爸了。在这种小事情上，他们往往是最受煎熬的人，”医生说道，“我得说，他对待这件事倒是平静得很呢。”

他撩开蒙在那印第安人头上的毯子。他的手挪开时是湿的。他踩住下铺的边沿，提起身子，一只手举着灯，朝上铺望去。那印第安人脸朝墙侧卧着。从左耳根到右耳根，他的喉咙割开了一道口子。流出来的血在他的身体陷进床褥处形成了血泊。他的头枕在左臂上。打开的剃刀掉在毯子上，锋刃朝上。

“带尼克离开屋子，乔治。”医生说。

没那个必要了。尼克就站在厨房门口，当父亲一手举着灯，将那印第安人的脑袋翻过来时，上铺的情形他看得清清楚楚。

父子俩沿着伐木道走回湖边时，天刚蒙蒙亮。

“非常抱歉，我不该带你来的，尼基①，”父亲说，手术后的兴奋劲儿已经无影无踪，“太糟糕了，让你从头看到尾。”

“夫人们生孩子都是这样遭罪的吗？”尼克问。

“不是的。那是个非常、非常少见的例外。”

“他为什么要自杀呀，爸爸？”

“我不知道，尼克。我猜，大概是他经不住事情吧。”

“自杀的人很多吗，爸爸？”

“不是很多，尼克。”

“女人自杀的多吗？”

“很少见的。”

“从来没有吗？”

“嗯，也有。有时候有。”

“爸爸？”

“嗯？”

“乔治叔叔去哪儿了？”

“他会来的，不会有事的。”

“死是很难的事情吗，爸爸？”

“不难，我想，死是很容易的事，尼克。要看具体情况。”

他们在船里面落了坐，尼克在船尾，他父亲划桨。太阳正从山峦

---

① 尼基是尼克的昵称。

后面升起来。一条鲈鱼跳出水，在湖面上荡起一圈涟漪。尼克把手伸下去，让它在水里拖行。在寒意凛冽的清晨，水给人暖和的感觉。

在初晨的湖面上，坐在船尾，父亲划着船，他心里面十分笃定，觉得自己永远不会死。

（张炽恒　译）

杀手

亨利餐厅的门开了，进来两个男子。他们在柜台边坐下。

“二位要点什么？”乔治问他们。

“我不知道，”其中一人说，“你想吃什么，艾尔？”

“我不知道，”艾尔说，“我不知道我想吃什么。”

外面天色在渐渐暗下来。窗外，街灯亮了。柜台边的两个男子在看菜单。柜台另一头，尼克·亚当斯注视着他们。刚才他们进来的时候，他正同乔治说话。

“我要一份烤猪腰肉加苹果酱和土豆泥。”第一个男子说。

“这个还不能上。”

“真见鬼，那你们干吗写在菜单上？”

“那是晚餐，”乔治解释说，“到六点钟就可以给你上了。”

乔治望了一眼柜台后面墙上的挂钟。

“现在是五点。”

“钟上是五点二十。”第二个男子说。

“这钟快二十分钟。”

“嘀，让这个烂钟见鬼去吧，”第一个男子说，“你们这儿到底有什么吃的？”

“各种三明治都有，”乔治说，“你们可以

点火腿加蛋，培根加蛋，猪肝加培根，或者叫一份牛排。”

“给我来一份炸鸡肉饼，加青豆、奶油沙司和土豆泥。”

“那是晚餐。”

“我们要哪一样，哪一样就是晚餐，呃？你们就这样糊弄人。”

“我可以给你上火腿加蛋，培根加蛋，猪肝……”

“我就来一份火腿加蛋吧。”名叫艾尔的男子说道。他头戴一顶常礼帽，穿一件胸前一排横扣的黑色大衣。他脸盘子小而白，嘴唇抿得紧紧的。他还围一条丝绸围巾，戴着手套。

“给我来一份培根加蛋。”另一个男子说。他的个头和艾尔差不多。两个人脸长得不像，衣服却穿得像孪生兄弟。两个人的大衣都紧绷在身上。他们上身前倾着坐在那儿，胳膊肘支在柜台上。

“有什么喝的吗？”艾尔问。

“银标啤酒，bevo[①]，姜汁汽水。”乔治说。

“我的意思是，有什么**可以**喝的？”

“就我说的这些。”

“这是个很热的镇子，”另一个男子说，“叫什么名？”

“苏密特。”

“听说过吗？”艾尔问同伴。

“没听说过。”同伴说。

“你们这儿晚上干些什么？”艾尔问。

“吃晚饭，”同伴说，“大家都来这儿吃晚饭。”

“对啊。”乔治说。

“你认为很对？”艾尔问乔治。

“那当然。”

---

① 美国禁酒时期开发出来的一种软饮料，存在时间很短。

“你是个聪明伶俐的小子，对吗？”

“那当然。”乔治说。

“嗯，不像，”另一个小个子男人说，“他像不像很聪明伶俐，艾尔？”

“他呆头呆脑的，”艾尔说，然后转过身去对着尼克，“你叫什么名字？”

“亚当斯。”

“又一个聪明伶俐的小子，”艾尔说，“他倒像是很聪明伶俐，是吧，马克斯？”

“这镇子里到处是聪明伶俐的小子。”马克斯说。

乔治把两个大盘子放在了柜台上，一盘火腿加蛋，一盘培根加蛋。他又端来两碟煎土豆，然后关上了通向厨房的小门。

“哪一份是你要的？”他问艾尔。

“你不记得了？”

“火腿加蛋。”

“真是个聪明伶俐的小子。”马克斯说。他前倾着身子，吃起火腿和蛋来。两个人都戴着手套吃饭。乔治看着他们吃。

“你看什么看？”马克斯瞪着乔治。

“没看什么。”

“见你的鬼。你在看着我。”

“也许这小子是在看着玩儿，马克斯。”艾尔说。

乔治笑了。

“你没有必要笑，”马克斯对他说，“你根本没必要笑，明白？”

“行。”乔治说。

“这么说他认为行，”马克斯转过脸去对着艾尔，“他认为行。这是个好想法。”

“哦，他是个思想家。”艾尔说。他们接着吃饭。

“柜台那一头那个聪明伶俐的小子叫什么名字？”艾尔问马克斯。

“嗨，聪明伶俐的小子，”马克斯对尼克说，“你跟你的男朋友一起，到柜台另一边去。”

“什么意思？”尼克问。

“没什么意思。”

“你最好还是过去，聪明伶俐的小子。”艾尔说。尼克绕到柜台后面去了。

“什么意思？”乔治问。

“没你该死的什么事，”艾尔说，“谁在厨房里？”

“黑佬。”

“黑佬是什么意思？”

“那个黑人，厨子。”

“叫他进来。”

“什么意思？”

“叫他进来。”

“你以为这是什么地方？”

“这是什么鬼地方我们清楚得很，”名叫马克斯的说，“我们像是傻子吗？”

“你这样说话倒是像傻子，”艾尔对他说道，“见鬼，你跟这小子争什么？听好了，”他对乔治说，“叫黑佬出来，到这儿来。”

“叫他干吗？你们要干什么？”

“什么也不干。用用脑子，聪明伶俐的小子。我们会对一个黑佬干什么呢？”

乔治打开了向厨房里面开的窄口子小窗。“山姆，”他叫道，“你出来一下。”

厨房门打开，黑佬走了进来。“什么事？”他问。柜台边的两个男子打量了他一眼。

“行了，黑佬。你就站在那地方。”艾尔说。

黑佬，也就是系着围裙的山姆，站那儿不动，望着柜台边坐着的两个男子。“是，先生。”他说。艾尔从高脚凳上下来了。

“我跟黑佬和聪明伶俐的小子回厨房去，”他说，“走吧，回厨房，黑佬。你跟着他，聪明伶俐的小子。”小个子男人跟在尼克和厨子山姆后面，走进了厨房。门在他们身后关上了。名叫马克斯的男子坐在柜台边，跟乔治对面。他并没有看乔治，而是看着柜台后那面宽大的镜子。亨利餐厅原是一间酒吧，后来改成餐厅的。

“嗯，聪明伶俐的小子，”马克斯看着镜子里面说道，“你怎么不吭声？”

“这到底是怎么回事？”

“嗨，艾尔，”马克斯喊道，“聪明伶俐的小子想知道这到底是怎么回事。”

“你干吗不告诉他？”艾尔的声音从厨房里传来。

“你觉得这是怎么回事？”

“我不知道。”

“那你觉得呢？”

马克斯说话的时候一直看着镜子里。

“我不想说。”

“嗨，艾尔，聪明伶俐的小子说，他不想说他觉得这是怎么回事。”

“我听得见你们说的话。”艾尔在厨房里说。窄口子小窗被他开在那儿了，那是盘子和番茄酱瓶子递进递出的地方。“听着，聪明伶俐的小子，”他从厨房里对乔治说道，“沿着餐柜稍微站前面一点。你稍微向左边移一点，马克斯。”他像是摄影师在安排拍合影照一样。

“回我的话，聪明伶俐的小子，”马克斯说，“你觉得会发生什么事？”

乔治一声不吭。

“我来告诉你吧，”马克斯说，“我们要杀一个瑞典人。你认识一个名叫奥尔·安德森的瑞典人吗？”

“认识。”

“他每天晚上来这儿吃饭，是不是？”

“他有时会来。”

“他六点钟来，是不是？”

“如果他来的话。”

“我们全都了解，聪明伶俐的小子，”马克斯说，“聊点别的事情吧。看过电影吗？”

“偶尔看一回。”

“你应该多看电影。看电影对你这种聪明伶俐的小子有好处。”

“你们为什么要杀奥尔·安德森呢？他干了什么对不住你们的事？”

“他不曾有过这个机会。他连我们的面都没有见过。”

“他会有机会见我们一次，唯一的一次。”艾尔在厨房里说道。

“那你们杀他是为了什么呢？”乔治问。

“我们杀他是为了一个朋友。只是帮朋友一个忙，聪明伶俐的小子。”

“闭嘴，”艾尔在厨房里说道，“你他妈的说得太多了。”

“嗯，我得让聪明伶俐的小子开开心心的呀。我让你开心了吗，聪明伶俐的小子？”

“你说得太多了，”艾尔说，“黑佬和我这个聪明伶俐的小子他们自个儿开心。我把他俩捆在一起了，就像修道院里的一对女同性恋一样。”

“这么说，你在修道院里待过？”

“我不会告诉你的。”

“你在犹太教修道院里待过。那就是你的出处。”

乔治抬头看看钟。

“如果有人进来，你就说厨子不在。如果他们不肯罢休，你就对他们说，你自己去后面给他们做。明白了么，聪明伶俐的小子？”

“没问题，”乔治说，“办完事后你们怎样处理我们？”

“那要看情况了，”马克斯说，“有许多事情当时你是不可能知道的，这就是其中一件。”

乔治抬头看钟。六点一刻。临街的门开了，走进来一个有轨电车司机。

“哈啰，乔治，”他说，“晚饭有得吃吗？”

“山姆出去了，”乔治说，“他大概半小时后回来。”

“我还是另找一家店吧。”有轨电车司机说。乔治看着钟。六点二十分。

“表现挺好，聪明伶俐的小子，”马克斯说，“你是个规矩的小绅士。”

“他知道不然我会打爆他的脑袋。”艾尔在厨房里说道。

“不，”马克斯说，“不是那样的。聪明伶俐的小子挺好。他是个好小子。我喜欢他。”

六点五十五分时，乔治说：“他不会来了。”

之前餐厅里又来过两个人。其中一回乔治下厨房，做了一只火腿加蛋三明治“外卖”，给一个人带走。他在厨房里看见艾尔常礼帽歪戴在脑后，坐在窗口边一张凳子上，一支锯短了的滑膛枪的枪口搁在小窗口的窗台上。尼克和厨子背靠背绑着待在角落里，各人嘴里塞了一条毛巾。乔治做好三明治，用油纸包好，放进一只袋子里，拿出厨房。客人付了钱，走了。

“聪明伶俐的小子样样事都会做，”马克斯说，“他会做菜，会做各种事。你会把个大姑娘变成好老婆的，聪明伶俐的小子。”

“是吗？”乔治说，“你的朋友奥尔·安德森不会来了。”

“我们再给他十分钟。”马克斯说。

马克斯注视着镜子和钟。钟的指针指向七点，然后到了七点零五分。

“得啦，艾尔，”马克斯说，“我们还是走吧。他不会来了。”

“最好再给他五分钟。”艾尔在厨房里说。

这五分钟里进来了一个客人，乔治解释说厨子生病了。

“见鬼，你们干吗不另请个厨师？”那人责问道，“难道你们开的不是餐厅？”然后走了出去。

“得啦，艾尔。”马克斯说。

“这两个聪明伶俐的小子和黑佬怎么办？”

“他们没问题。”

“你觉得没问题？”

“肯定。我们的事情完成啦。”

“我不喜欢这样，”艾尔说，“太草率。你说得太多了。”

“噢，见鬼，”马克斯说，“我们得一直开开心心的，我们不是很开心吗？”

“你还是说得太多了。”艾尔说。他从厨房里走了出来。紧绷绷的大衣下面，滑膛枪锯短的枪管在他腰间鼓起了一小块。他用戴手套的手将衣襟拉拉直。

"再会了，聪明伶俐的小子，"他对乔治说道，"你真走运。"

"这是实话，"马克斯说，"你该去赌马，聪明伶俐的小子。"

两个人出门而去。乔治透过窗户，看着他们从弧光灯下经过，走到大街对面。那副穿着紧绷绷的大衣戴着常礼帽的模样，倒像是玩杂耍卖艺的。乔治穿过双开式弹簧门，回到厨房，给尼克和厨子松了绑。

"我再也不想遭这种罪啦，"厨子山姆说，"我再也不想遭这种罪啦。"

尼克站起身来。他还从来没让人用毛巾塞住嘴过呢。

"切，"他说，"搞什么鬼？"他在壮胆压惊。

"他们要杀奥尔·安德森，"乔治说，"他们要趁他进来吃饭时开枪杀死他。"

"奥尔·安德森？"

"没错。"

厨子用两个大拇指摸着嘴角。

"两个人都走了？"他问。

"是的，"乔治说，"已经都走了。"

"我不喜欢这种事，"厨子说，"我一点也不喜欢这种事。"

"听着，"乔治对尼克说，"你最好去看一下奥尔·安德森。"

"行。"

"你还是一点也不要搅和进去的好，"厨子山姆说，"最好离这种事远一点。"

"你要是不想去就别去。"乔治说。

"搅和到这种事里面去不会有好结果的，"厨子说，"躲远点。"

"我要去看他，"尼克对乔治说，"他住哪儿？"

厨子转身走开了。

“毛孩子总是知道自己想干什么的。”他说。

“他住在后面赫希家的出租公寓里。”乔治对尼克说。

“我去那儿看他。”

店外，弧光灯的灯光透过一棵树光秃秃的枝丫散落开来。尼克走到街上，靠着电车的轨道往后走。他在下一盏弧光灯处拐弯，折入一条巷子，走过三幢房子后，便来到了赫希家的出租公寓。尼克走上两级台阶，摁响门铃。一个妇人来应门。

“奥尔·安德森住这儿吗？”

“你想见他？”

“是的，不知他在不在家。”

尼克跟着那妇人上了一段楼梯，接着往后走，来到一条走廊的尽头。她敲了敲门。

“谁呀？”

“有人想见你，奥尔·安德森先生。”她说。

“我是尼克·亚当斯。”

“进来。”

尼克推开门，走进房间。奥尔·安德森和衣躺在床上。他曾经是个重量级职业拳击手，那张床对于他来说，实在是短了些。他脑袋下面垫着两个枕头，躺在那儿眼睛没望着尼克。

“什么事？”他问。

“我在前面亨利餐厅上班，”尼克说，“两个家伙闯进来，把我和厨子绑住，他们说要杀了你。”

听上去，他好像在说傻话似的。奥尔·安德森一言不发。

“他们把我俩关在厨房里，”尼克接着说道，“等你来店里吃晚饭，到时候开枪杀了你。”

奥尔·安德森眼睛望着墙壁，一言不发。

“乔治觉得我最好来一趟，告诉你这件事。”

“这件事我没辙。”奥尔·安德森说。

“我跟你说说那两人的长相吧。”

“我不想知道他们的长相。”奥尔·安德森说。他眼睛望着墙壁。“谢谢你过来告诉我这件事。”

“不客气。”

尼克望着躺在床上的大个子。

“要不要我去警察局报个案？”

“不用了，”奥尔·安德森说，“没用的。”

“有什么我可以帮忙的呢？”

“不用了，这事没有任何办法的。”

“也许就是吓唬你一下。”

“不，不只是吓唬一下。”

奥尔·安德森翻了个身，面对着墙。

“唯一的问题是，”他对着墙壁说道，“我就是下不了决心出门去。我已经在这儿待一整天了。”

“你出城去不行吗？”

“不了，”奥尔·安德森说，“跑来跑去的，我已经够了。”

他望着墙壁。

“现在已经没有任何办法了。”

“找个办法，把这事给化解了，不行吗？”

“不行。我已经拔不出脚了，”他的声音依然像先前一样没有起伏，“已经没有任何办法。待会儿我会下个决心出门去的。”

“我还是回去见乔治吧，”尼克说。

“再会了，”奥尔·安德森说，他的目光并没有望着尼克，“多谢你来跑一趟。”

尼克走出了房间。随手关上门的时候，他看见奥尔·安德森和衣躺在床上，眼睛望着墙壁。

“他已经在房间里待了一整天，”到了楼下，女房东对他说，“我看他是生病了。我对他说：‘奥尔·安德森先生，这么晴朗的秋日，你该出去走走。’但是他不喜欢出去。”

“他不想出门。”

“他不舒服我真难过，”妇人说，“他是个极好的好人。你知道，他是打拳的。”

“我知道的。”

“你不看他脸上的神情，永远想象不出他是个多好的人，”妇人说，“而且很绅士。”

“嗯，晚安，赫希太太。”尼克说。

“我不是赫希太太，”妇人说，“这地方是赫希太太的产业。我是帮她照看照看。我是贝尔太太。”

“嗯，晚安，贝尔太太。”尼克说。

“晚安。”妇人说。

尼克沿着黑乎乎的街巷走到弧光灯下的拐角，然后挨着电车轨道走回到亨利餐厅。乔治在餐厅里，在柜台后面。

“见到奥尔了？”

“见到了，”尼克说，“他待在房间里，不想出门。”

听见尼克的声音，厨子从厨房里面把门打开了。

“我听也不想听。”他说，然后又把门关上了。

“你把事情都告诉他了？”乔治问。

“当然。我告诉他了，但他全都心里有数。”

“他准备怎么办？”

“什么也不办。”

"他们会杀了他的。"

"我觉得也是。"

"他一定是在芝加哥搅和到什么事情里去啦。"

"我也这么想。"尼克说。

"这真是一件混账透顶的事。"

"这件事太可怕啦。"尼克说。

他们不吭声了。乔治伸手拿了一条毛巾，擦起柜台来。

"我真纳闷，他究竟干了什么？"尼克说。

"出卖了什么人吧。他们一般都是为这个原因杀人。"

"我想离开这个城市。"尼克说。

"好，"乔治说，"那倒是一件好事。"

"他待在房间里，明知道已经大难临头，想到这个我心里面就受不了。见鬼，真是太可怕了。"

"嗯，"乔治说，"你还是不要去想它了吧。"

（张炽恒　译）

一个干净明亮的地方

很晚了，小酒馆里的人已走光，只剩下一个老人，坐在一棵树的树叶挡着电灯光形成的阴影里。白天的时候，大街上尘埃飞扬；到了晚上，尘埃便被露水压住了。老人喜欢坐到很晚，因为他是聋子，而这个时候很静，他能感觉到其间的差异。小酒馆里的两个侍者知道，老人已经微醉。他是个好主顾，但他们知道，如果他醉得太厉害，他会不付账就走。所以，他们一直留意着他。

“上个礼拜他曾经要自杀。”一个侍者说。

“为什么？”

“他想不开了。”

“为了什么事？”

“算不上一回事的事情。”

“你怎么知道算不上一回事？”

“他很有钱。”

他们一起坐在小酒馆门边靠墙的一张桌子旁边，望着露台。露台上所有的桌子都已经空了，只有老人独自占着一张，坐在随风轻轻摇曳的树叶的阴影里。街上走过一个姑娘和一个士兵。街灯的光照亮了士兵衣领上的铜领章号码。姑娘没戴帽子或头巾，脚步匆匆地在他旁边走着。

“警卫队会把他抓走的[1]。”一个侍者说。

“管它呢，能得到他追求的东西就行。”

“他还是马上离开这条大街的好。警卫队会逮到他的。五分钟前他们刚从这儿过。”

坐在阴影里的老人用玻璃杯敲了敲托碟。年纪小些的那个侍者走了过去。

“你想要什么？”

老人望望他。“再来一杯白兰地。”他说。

“你会醉的。”侍者说。老人望望他。侍者走开了。

“他会在这儿待一整夜的，”他对同伴说，“我已经觉得困了。我从来没在三点之钟前上床睡觉过。他本来上个礼拜就自杀死掉了。”

那个侍者从小酒馆柜台里又拿了一瓶白兰地、一只托碟，快步走出来，走到老人的桌子跟前。他放下托碟，然后给老人的玻璃杯里倒满酒。

“你本来上个礼拜就自杀死掉了。”他对聋子说道。老人用手指打了个手势。“再加一点。”他说。侍者接着往玻璃杯里倒酒，白兰地溢了出来，沿着高脚杯的柄脚，流进了一叠托碟最上面的一只。“谢谢你。”老人说。

侍者将酒瓶放回酒馆里，然后又和同伴一起坐在门边的桌旁。

“这会儿他已经醉了。”他说。

“他每晚都喝醉。”

“他为了什么事情想自杀？”

“我怎么知道呢？”

---

① 这里的“警卫队”指的是西班牙国民警卫队，按照这里的描述，该士兵估计是违反规定从军营里偷跑出来会情人的。

“他是怎样自杀的？”

“他找了一根绳子上吊。”

“谁把绳子割断的？”

“他的侄女。”

“干吗要救他？”

“担心他的灵魂。”

“他有多少钱？”

“很多很多。”

“他一定有八十岁了。”

“再怎么说也得有八十了。”

“希望他早点回家去。我从来没在三点之钟前上床睡觉过。那么晚的时辰睡觉，算什么事儿呀？”

“他熬夜是因为他喜欢。”

“他孤身一人。我可不是孤身一人。我有个老婆在床上等着我呢。”

“他也有过老婆。”

“现在他有老婆也没用啦。”

“不能这么说。他要是有个老婆，会好很多。”

“他有侄女在照顾他。你说过，是她割断绳子把他放下来的。”

“我知道。”

“我可不想活到那么老。人老了脏兮兮的讨人嫌。”

“不全是那样，这老头很整洁啊。他喝酒从不滴滴答答往外漏，就连现在喝醉了也是。你瞧他。”

“我不想瞧他。我希望他回家去。他一点也不顾及我们这些不干活没饭吃的人。”

老人从玻璃杯上抬起头来，看看广场，又看看两个侍者。

"再来一杯白兰地。"他指着杯子，说道。心急要回家的侍者走了过去。

"结束，"他说，就像蠢笨之人对醉鬼或者外国人说话时那样，完全不讲句法，"今夜没有了。打烊了，现在。"

"再来一杯。"老人说。

"没有了。结束。"侍者一边用毛巾擦着桌子边沿，一边摇头。

老人站起身来，慢慢地数了数托碟，从口袋里掏摸出一只装硬币用的皮革钱袋，付了酒钱，另外留下半个比塞塔[①]作小费。

侍者望着他沿大街向前走去。一个很老的老人，步履不稳，但步态中不乏尊严。

"你干吗不让他待在这儿再喝两杯？"那个不心急回家的侍者问道，这时他们正在关百叶窗，"还不到两点半呢。"

"我想回家睡觉。"

"晚一个钟头又有什么大不了呢？"

"他无所谓，对于我可不一样。"

"一个钟头没什么大不了。"

"听你说话的口气，你自己已经像个老头了。他可以买一瓶，带回家去喝呀。"

"那不一样。"

"是，不一样。"有老婆的侍者表示同意。他不想做人不公道。他只是急着想回家。

"你怎样呢？你不怕没到平常的钟点就回家？"

"你这是想侮辱我？"

"不，老弟，只是开个玩笑。"

---

① 比塞塔是西班牙基本货币单位。

“我不怕，”心急回家的侍者说，他已经把金属百叶窗拉下，直起了身子，“我有信心。我完全有信心。”

“你有青春、信心和工作，”年纪大些的侍者说，“你一切都有了。”

“你缺少什么呢？”

“都有了，就缺工作。”

“我有的你样样都有啊。”

“不，我从来都没有信心，而且我也不年轻了。”

“得啦。别胡扯了，锁门吧。”

“我属于喜欢在小酒馆里待到很晚的那一类人，”年纪大些的侍者说道，“跟所有不想上床睡觉的人，所有在夜里面需要一盏灯陪着的人站在一起。”

“我想回家，上床睡觉。”

“我们是两种不同类型的人，”年纪大些的侍者说，此刻他已经换好衣服，准备回家了，“这不只是一个青春和信心的问题，虽然青春和信心是些很美丽的东西。每天夜里我都很不情愿打烊，因为可能有人需要这小酒馆。”

“老兄，有酒店通宵开门的呀。”

“你没理解我的意思。这是一间令人愉快的干净酒馆。光线明亮。灯光好，加上现在又有了树影。”

“晚安。”年纪小些的侍者说。

“晚安。”年纪大些的侍者应道。他关掉电灯，继续刚才的交谈，同自己聊。当然是灯光的作用，但也必需地方干净，令人愉快。你不想听音乐。你肯定不想听音乐。你也不可能很有尊严地站在柜台前面，虽然这些时辰吧台里供应的只有尊严。他惧怕什么呢？那不是惧怕，也不是担忧。他知道得很清楚，那是虚无。全都是虚无，人也是虚无。虚无和灯光便是所需要的一切，加上一定程度的整洁和秩序。有些人生活在其中却从来都浑然不觉，但是他知道，全都是虚无为了虚无，虚无为了虚无。我们的虚无就在虚无之中，虚无是你的名字你的王国虚无是你的将来虚无中的虚无原本就在虚无之中。给我们这个虚无吧我们的日常虚无使我们的虚无成为虚无因为我们原本就虚无了我们的虚无，请不要将我们虚无进虚无而是把我们从虚无中解放出来，为了虚无。为充满虚无的虚无而欢呼，虚无与尔同在。他微笑着，站在一个吧台前面，吧台上有一台闪闪发亮的蒸汽压力咖啡机。①

"你想喝点什么？"吧台侍应生问道。

"虚无。"

"又一个疯子。"吧台侍应生说，然后转过身去。

"来一小杯。"小酒馆的侍者说。

吧台侍应生给他倒了一杯。

"灯光明亮，也令人愉快，但是吧台没有擦干净。"小酒馆的侍者说。

吧台侍应生看了他一眼，但是没有搭腔。夜已深了，不聊了。

"再来一小杯？"吧台侍应生问道。

"不了，谢谢。"小酒馆的侍者说，然后走了出去。他不喜欢酒吧和酒店。一间干净明亮的小酒馆就大不一样了。现在他不再多想，他要回家，回到自己的房间里去。他会在床上躺下，最后，在天亮的时候睡着。他对自己说，这终究可能只是失眠而已。一定有许多人患有失眠症。

（张炽恒　译）

---

① 这一节原文中夹杂着西班牙语。

吉姆·吉尔默是从加拿大来到霍顿斯湾的。他从老人霍顿手里将铁匠铺盘了下来。吉姆生得又矮又黑，留着两撇很浓的八字须，一双手很大。他是个钉马掌的好匠人，但即便系着皮围裙，也不太像个铁匠。他住在铁匠铺楼上，吃饭在D. J. 史密斯家搭伙。

莉兹·科茨在史密斯家干活。史密斯太太是个很白净的大块头女人。她说，莉兹·科茨是她见到过的最干净利落的姑娘。莉兹长着一双好看的腿，总是系一条洁净的方格花布围裙，吉姆注意到她的头发总是整整齐齐梳到脑后。他喜欢她那张脸，因为它总是快快活活的。不过，他并没有将她放在心上。

莉兹非常喜欢吉姆。她喜欢看他从铺子里走过来时的样子，常常跑到厨房门口，看他顺着马路走过来。她喜欢他留胡子。她喜欢他笑起来露出一口白牙。他的模样不像个铁匠，这一点她非常喜欢。D. J. 史密斯和史密斯太太很喜欢吉姆，这一点她也喜欢。有一天，他在屋外的洗脸池子边擦洗身子，她发现自己喜欢他手臂上毛那么黑，手臂上没晒到的地方那么白。居然喜欢这些，她自己也觉得好笑。

霍顿斯湾这个小镇，只不过是博伊恩城和夏洛瓦之间的主干道旁边的五户人家。镇上有个杂货铺兼邮局，它竖着个高大的假门脸，门前说不定还拴着一辆马车。史密斯家的宅子，斯特劳德家的宅子，迪尔沃思家的宅子，霍顿家的宅子，还有凡·胡森家的宅子。那些房子掩映在一片挺大的榆树林里，大道上积满了沙土。道路两边，都是农田和产木材的林子。往一个方向去是卫理公会教堂，另一个方向是镇办学校。铁匠铺漆成红色，在学校对面。

一条很陡的沙土路从小山上下来，穿过林子向海湾而去。从史密斯家的后门口望出去，你的目光可以越过林子，看见树林绵延到湖滨，并且看得到湖湾的另一边。春夏两季，景色非常美丽，湖湾呈现蓝色，那么明亮。风从夏洛瓦和密执安湖刮来的时候，湖面上常常会翻腾起超出临界点的白帽浪[①]。从史密斯家后门口，莉兹看得见远远的湖里面，装矿石的驳船在驶向博伊恩城。她一直望着那些船时，它们仿佛一点也没在移动；但如果她回到厨房里接着干活，等她将盘子碟子擦干再出来看时，它们已经驶出视野，不见了踪影。

现在莉兹整天想着吉姆·吉尔默了。但吉姆似乎不怎么注意莉兹。他同 D. J. 史密斯聊铁匠铺的事情，聊共和党，还聊詹姆斯·G. 布莱恩[②]。晚上他要么在前屋里凑着灯光读《托雷多刀锋报》和《大急流报》，要么提一盏篝灯，同 D. J. 史密斯一起出门，到湖湾里去叉鱼。秋天的时候，他同史密斯和查理·怀曼赶一辆马车，带上帐篷、食物、斧子、来复枪和两条狗，出去旅行，到范德比尔特另一边的松

---

① 海明威有时会使用术语，其实，这里说的就是白色的浪花。波浪陡起的坡度超过一定限值时，波峰便会破碎，形成白色浪花，这就是所谓的白帽浪。

② 美国十九世纪后期共和党的领袖人物，曾担任众议院院长和两任国务卿，并曾竞选总统，以微弱劣势落败。

树平原上去猎鹿。他们动身前，莉兹和史密斯太太花四天时间为他们烹制食物，莉兹想特别做点东西给吉姆带在路上吃，但最后还是没有做，因为她不敢跟史密斯太太要鸡蛋和面粉，又担心如果自己去买原料，做的时候会被史密斯太太逮到。其实，史密斯太太这边是不会有什么问题的，但莉兹不敢。

吉姆去外地猎鹿的那段时间里，莉兹一直在想着他。他不在，日子真是难熬。她想念他，弄得觉也睡不好；不过她发现，想念他也是一件挺有趣的事。自己心情放松，感觉就会好些。他们回来前那天晚上，她一夜没睡着。其实是她以为自己一点也没睡着，因为，究竟是在梦里面没睡着还是真没睡着，她分不清楚。看见马车从大路上过来的时候，她感觉人好像虚脱了。她急不可待，看到吉姆现身才安下心来，仿佛他一到，就一切都会好。马车在外面那棵大榆树下停住，史密斯太太和莉兹迎了出去。男人们都胡子一大把，马车后面载着三只鹿，细细的鹿腿支楞在车厢外边。史密斯太太亲吻 D. J.，D. J. 抱住她。吉姆说了声："哈啰，莉兹。"咧开嘴笑着。

吉姆回来到底会发生什么情况，莉兹不清楚，但她心里面有数肯定会有事情发生。什么事情也没发生。男人们回到家了，就这么回事。吉姆把盖在鹿身上的粗麻布袋揭下来，莉兹望着那几只鹿。有一只是大公鹿。它直挺挺硬邦邦的，不容易卸下车来。

"是你打到的吗，吉姆？"莉兹问。

"是的。这只鹿很漂亮是不？"吉姆将它驮起来，搬到熏制室去。

当天晚上，查理・怀曼留下来，在史密斯家吃晚饭。时间太晚了，他来不及赶回夏勒伏瓦。男人们洗过之后，待在堂屋里等晚饭上桌。

"罐子里的东西不是还有剩的吗，吉米[1]？"D. J. 史密斯问道。

---

① 吉米是吉姆的昵称。

吉姆就出去了，他跑向谷仓，去取那只放在马车上的大罐子。他们几个人是带着一大罐威士忌出去狩猎的。那只罐子能够装四加仑，罐底晃晃荡荡还剩不少酒。回屋的路上，吉姆咕噜噜喝了一大口。这么大一只罐子举起来喝不容易，洒出来一些威士忌，顺着他的衬衫前襟往下淌。吉姆抱着罐子进门时，那两个男人见了直笑。D. J. 史密斯叫人拿玻璃杯，莉兹把杯子拿来了。D. J. 倒了三大杯酒。

“嗯，敬你一杯，D. J.。”查理·怀曼说。

“敬他娘的那只大公鹿。”D. J. 说。

“敬我们想念的所有人，D. J.。”吉姆说，一杯酒灌了下去。

“男人嘛，就是觉得这个味道好。”

“一年中的这个时候，解忧消愁没比这个更好的了。”

“再来一杯怎样，伙计们？”

“那就再来一杯，D. J.。”

“一口干了，伙计们。”

“敬来年。”

吉姆开始觉得美滋滋起来。他喜欢威士忌的味道和口感。他很高兴又有了舒服的床和热乎的食物，很高兴又见到自己的铺子。他又喝了一杯。几个男人进屋来吃饭时心里面十分快活，却表现得很正经。莉兹摆好饭菜后在桌旁坐下，同一家人一起吃。很丰盛的一顿饭。男人们一本正经地吃着。吃完饭他们又回到堂屋里，莉兹和史密斯太太收拾桌子。然后史密斯太太上楼去了，隔一小会儿，史密斯走出来，也上了楼。吉姆和查理仍然待在堂屋。莉兹在厨房里，坐在炉子旁边，假装看书，心里面想着吉姆。她还不想睡觉，因为她知道，待会儿吉姆会出来，她想看着他走出去，那样她就可以带着他的神态上床去。

她正使劲儿想吉姆，吉姆出来了。他眼睛放光，头发有点乱。莉兹低下头去看着书。吉姆走到她椅子背后，停住脚步。她感觉得到他的呼吸，然后，他的胳膊搂住了她。被他的手一按，她的乳房起了鼓胀的感觉，乳头挺立起来。莉兹吓坏了，还从来不曾有人摸过她呢。但她心里想的是："他终于来到我身边了。他真的来了。"

她僵僵地绷着身体，因为惊恐之余，她不知道还能怎么做。这时吉姆将她扳靠在椅背上，吻她。那感觉很尖利、很疼、很痛，她觉得自己快承受不住了。隔着椅子背，她感觉到吉姆就在身后，她受不了啦。这时，她身体里什么地方咔嗒一响，那感觉就变得比较温暖柔和了。吉姆将她扳靠在椅背上，现在她已经很想要这样了；吉姆悄声道："来，出去走走吧。"

莉兹从厨房墙壁的挂钩上取下外套，他们便出了门。吉姆一直用胳膊搂着她，走一小段路，他们就停下来，紧紧地抱在一起，吉姆还亲吻她。没有月亮，他们在沙土齐踝深的路上走着，穿过树林，向码头、向湖湾里那座仓库走去。湖水拍打着桩子，湖湾另一边的尖岬黑黝黝的。挺冷的天，但是莉兹和吉姆在一起，感到浑身热。他们走进仓库的遮雨篷里，坐下来，吉姆将莉兹搂过去靠着自己。她感到害怕。吉姆的一只手伸进她的连衫裙里，抚摸着她的胸脯，另一只手放在她膝间。她非常害怕，不知道接下来他会做什么，可是她紧紧地依偎着他。接着，那只感觉好大的手从膝间挪开了，放到她腿上，并且向上移动。

"不要，吉姆。"莉兹说。吉姆的手继续向上游走。

"别这样，吉姆，别这样。"吉姆和吉姆的手都不理会她。

木板很硬。吉姆掀开了她的连衫裙，正要对她做什么事。她感到害怕，但她想要。她得接受它，但它吓着她了。

"别这样，吉姆，别这样。"

"我忍不住了。我现在就想要。你知道我们一定得这样。"

“不，还没到时候，吉姆。我们不一定非要这样。哦，这样是不对的。哦，它太大了，弄得我好痛。你不能这样。哦，吉姆。吉姆。哦。”

码头仓库的铁杉木板很硬，而且粗糙冰凉。吉姆压在她身上很沉，他已经伤害了她。莉兹推他，她被挤压着很不舒服。吉姆睡着了。推他他不动。她费力地从他身子底下挣脱，坐起来，将裙子和外套拉拉直，整理着头发。吉姆微张着嘴，睡得正香。莉兹俯下身去，吻了吻他的脸颊。他依然睡得很死。她把他的脑袋托起来一点，摇晃着。他转过头去，咽了咽口水。莉兹哭起来。她走到码头边沿，俯望着湖水。雾气正从湖湾里升起。她觉得冷，心里面很痛苦，仿佛一切都完了。她走回到吉姆躺着的地方，再一次摇晃他，看看到底能不能把他弄醒。她哭泣着。

“吉姆，”她说，“吉姆。求你了，吉姆。”

吉姆动了动，蜷缩得更紧了。莉兹脱下外套，俯下身去，把衣服盖在他身上。她很利索、很细心地给他周身掖好。然后，她穿过码头，走上很陡的沙土路，回去睡觉。寒冷的雾气正从湖湾穿过树林追上来。

（张炽恒　译）

雨里的猫

住那家旅店的人里面只有两个美国人。出门或者回房间时，在楼梯上遇到的人他们全都不认识。他们的房间在二楼，面朝大海，还面对着公共花园和战争纪念碑。园子里有很大的棕榈树和绿色长椅。天气好的时候，常常可以看见一位画家坐在画架前面。画家们喜欢棕榈树长的模样，喜欢面朝公共花园和大海的那些旅店的鲜艳色彩。意大利人从很远的地方过来瞻仰战争纪念碑。那碑是青铜铸的，在雨中闪闪发亮。下雨天，雨水从棕榈树上往下滴。石子铺的路上积起了水洼。海水在雨中一条长线扑上来，滑下海滩，又一条长线扑上来，碎成无数浪花。停在战争纪念碑旁边的汽车都开走了。广场对面，一个侍者站在小餐馆门口，望着空荡荡的广场。

那位美国太太站在窗前，望着外面。就在窗下，有只猫蹲在一张滴着水的绿色桌子下边。猫缩紧身体，怕雨水滴到身上。

"我要下楼去，把那只猫咪抱上来。"美国太太说。

"我去吧。"她丈夫从床上表示说。

"不，我去。外面那只可怜的猫咪怕被雨淋到，躲在桌子底下。"

做丈夫的继续看书，脚冲床头躺着，两

只枕头垫在脑袋下面。

“别淋湿了。”他说。

美国太太下楼去，经过办公室时，店主站起身来，向她躬身行礼。写字台在办公室靠里边那一头。店主是个老人，个子很高。

“下雨了[①]。”美国太太说。她喜欢这位店主。

“是啊，是啊，太太，坏天气[②]。很坏的天气。”

他站在靠里边的写字台后面，办公室里光线很暗。美国太太喜欢他。不论顾客抱怨什么，他总是一副洗耳恭听的态度，她喜欢他这一点。她喜欢他的高雅举止。她喜欢他乐意为她效劳的姿态。她喜欢他身为一店之主的那种感觉。她喜欢他那张上了年纪、神情滞重的脸，还有那一双大手。

她带着这喜爱打开门，向外面望去。雨更大了。一个披着胶皮短斗篷的男子正穿过空荡荡的广场，向小餐馆走去。那只猫应该就在右边什么地方。也许可以贴着墙走，从屋檐底下走过去。她正站在门口踯躅着，身后撑开了一柄雨伞。打伞的是照料他们房间的那个侍女。

“您千万别淋湿了。”她微笑着，说的是意大利语。当然，是旅店店主差遣她来的。

侍女为她撑着伞，她沿石子路走到他们房间的窗户下方。桌子在那儿，被雨水洗刷成了鲜绿色，但是猫不见了。她一下子陷入了失望之中。侍女抬起头来望着她。

“您丢了什么东西，太太[③]？”

“刚才这儿有一只猫。”年轻美国女子说。

“一只猫？”

---

①②③ 原文为意大利语。

“是，猫[1]。”

“一只猫？”侍女笑道，“雨里的一只猫？”

“是啊，”美国太太说，“在桌子下面。”然后又加上一句：“啊，我好想要它。我想要一只猫咪。”

她说英语的时候，侍女的脸绷紧了。

“来，太太，”她说，“我们得进去了。你会淋湿的。”

“你说得对。”年轻美国女子说。

她们沿着石子路走回去，进了门。侍女在外面停了一下，把伞收起来。年轻美国女子走过办公室时，店主在写字台后面躬身对她行礼。她心里面很不自在。店主让她觉得很不好意思，同时又觉得很受重视。有那么一瞬间，她有一种自己是个极重要的人物的感觉。她没有停步，径直走上楼去。她打开房间的门。乔治躺在床上，在看书。

“你捉到猫了吗？”他放下书，问道。

“它不见啦。”

“还真不知道它去哪儿了呢。”他说。他不看书了，让眼睛休息一下。

她在床上坐下。

“我好想要那只猫，”她说，“我不知道自己干吗那么想要它。我就是想要那只可怜的猫咪。做一只可怜的猫咪，待在外面淋雨，可不是一件好玩的事。”

乔治又在看书了。

她走到梳妆台前面，对着镜子坐下来，又拿起有柄的小镜子，端详着自己。她照照自己的侧面，照过一边再照照另一边。然后，又端

① 原文为意大利语。

详了一下后脑勺和后颈。

“我把头发留起来，你觉得好不好？”她问，又拿小镜子照了照自己的侧面。

乔治抬起头来，看着她的后颈，那地方的头发剪得差不多像男孩子。

“我喜欢现在的样子。”

“可我已经很厌烦这样子了，”她说，“我很厌烦像个男孩。”

乔治在床上换了个姿势。从她开始说头发的事情起，他的目光一直不曾离开过她。

“你的模样好看得要命。”他说。

她把小镜子放回到梳妆台上，走到窗前望着外面。天正在黑下来。

“我想把头发扎到脑后去，扎得紧紧的，滑溜溜的，挽个大结子，我能摸得着，”她说，“我想要一只猫咪坐在我腿上，我摸摸她，她就呜呜地叫几声。”

“是吗？”乔治从床上发声道。

“我想在桌子上用自己的银餐具吃饭，我还要点上蜡烛。我想要现在是春天，想对着镜子梳头。我想要一只猫咪，还要几件新衣服。”

“哦，你还是住嘴，找本书看看吧。”乔治说。他又在看书了。

他的妻子在望着窗外。现在天已经很黑，雨依然在打着棕榈树。

“不管怎样，我想要一只猫，”她说，“我要一只猫。现在我就想要一只猫。如果我不能留长发，不能有点乐子，总可以养只猫吧。”

乔治没在听。他在看他的书。他的妻子在望着窗外，广场上的灯已经亮了。

有人敲门。

“请进[1]。”乔治说。他从书上抬起头来。

门口站着那个侍女。她抱着一只挺大的玳瑁斑纹猫，那猫紧贴住她，在她身上扭来扭去。

“打扰了，”她说，“店主叫我把这只猫给太太送过来。”

（张炽恒　译）

① 原文为意大利语。

在异乡

秋季战事一直没有停，但我们不再上战场了。秋日的米兰[1]寒意颇浓，天黑得很早。华灯初上时分，沿街看看橱窗是一件赏心悦目的事。店铺外面挂着许多猎物，狐狸毛皮上落满了雪粉，它们的尾巴在风中晃荡。掏空内脏的僵直的鹿身，沉甸甸地悬着。风吹荡着小鸟串儿，它们的羽毛被吹翻了开来。这是个寒冷的秋天，风是从群山上下来的。

我们每天下午全体都去医院。在阴沉沉的天色中，有不同的路线可以穿过城区去医院。其中有两条路线是沿着运河边走，但路比较远。不过，走到医院总是要从桥上过运河上的。有三座桥任你选。其中一座桥上，有一位妇人卖烤栗子。站在她的炭火前面，暖融融的；栗子揣进口袋里，过好一会儿还是热乎乎的。医院很老旧，也很幽美。进大门后走过院子，再走出对面的院子门，就到了。经常有葬礼，举行葬礼都是从院子里开始。旧医院后面，是几幢新建的砖头造隔离式病房。每天下午我们就在那儿相聚，大家彬彬有礼，互相询问伤势病情，坐到会给我们大大改善病情的诊疗椅上去。

---

① 意大利城市，有时尚之都之称，全世界最富有诗意的城市之一。

医生走到我坐着的诊疗椅近前，询问道：“战前你最喜欢做什么？练什么体育运动吗？”

我说：“练啊，足球。”

“好，”他说，“你还能踢足球的，比以前踢得更好。”

我膝盖不能弯曲，从膝盖到脚踝一条腿直僵僵没有腿肚子。诊疗椅帮我弯曲膝盖，像骑自行车那样帮我活动腿，但是还没有帮我弯过来，诊疗装置转到弯曲部分便摇摇晃晃转不动了。医生说：“不要紧，会弯过来的。你是个幸运的年轻人。你还会像个冠军似的重新踢足球。”

旁边那张诊疗椅上坐着一位少校。他的一只手像婴儿的手那么小，夹在两块皮革中间；皮子上下弹跳，拍打着他的僵硬的手指。医生检查他的手时，他一边朝我挤眼睛，一边说：“将来我也能踢足球吗，医生上尉？”他曾经是个了不起的剑术家，战前他是意大利最棒的剑术家。

医生回到后面屋子他的接诊室，拿来一张照片。照片显示，一只手在诊疗前萎缩得跟少校的手差不多大小，经过一个疗程后变大了一些。少校用那只好手拿着照片，仔细地看着。“是枪伤？”他问。

“工伤事故。”医生说。

“很有趣，很有趣。”少校说，把照片递还了给医生。

“现在你有信心了吧？”

“没有。”少校说。

有三个和我年龄相仿的小伙子每天来医院。他们三个全部是米兰人，一个想当律师，一个想做画家，还有一个本来就想当兵。有时，诊疗结束后，回去的路上我们会结伴同行，到斯卡拉歌剧院①隔壁的

① 古老而著名的歌剧院，第二次世界大战期间被炸毁，战后重建，成为世界上最完美的剧院之一。

科瓦咖啡厅去坐坐。我们有四个人，所以敢抄近路，穿过共产党人聚居区。那个街区的人恨我们，因为我们是军官。我们经过的时候，一家酒店里会有人大叫："打倒军官！"[1] 有时，另外一个小伙子也跟我们一起走，一行便有了五个人。他脸上蒙着一块黑丝绸手绢，因为当时他鼻子没了，正待做面部修复。他是直接从军事学院上前线的；第一次上火线，一个钟头不到就受了伤。他们修复了他的面部，但他出身于一个非常古老的家族，要想把他的鼻子完全复原，那是办不到的。后来他去了南美，在一家银行里工作。不过那是很久以前的事了，当时我们谁也不知道后来战事会如何发展。那个时候，我们只知道一直在打仗，而我们不会再上战场。

除了脸上蒙黑丝绸绷带的小伙子，我们每个人都有同样的勋章。他上前线的时间不够长，什么勋章也没得到。那种勋章我们每人有一枚，想当律师的那个脸色苍白的高个儿小伙子却有三枚。他当过敢死队队长，同死神打交道很长时间，有点超然了。我们全都有点超然。除了每天下午在医院相会，并没有其他任何事情将我们凝聚在一起。不过，在我们去科瓦咖啡厅的路上，穿过那一段暴戾的街区，行走在黑暗中，经过透出灯光和歌声的酒店，有时因为人行道上挤满了男男女女，不得不从他们中间挤出来，走到街上去，这种时候，我们会感到有种东西在起作用，将我们聚拢到一起。旁人，那些不喜欢我们的人，他们不懂。

而我们自己懂得科瓦咖啡厅，我们每个人都懂。它富丽，温暖，灯光不耀眼，某一段时辰里声音嘈杂、烟雾缭绕，任何时间桌子旁边都有姑娘坐着，墙上的报刊架子上放着画报。科瓦咖啡厅的姑娘们很爱国，我发现，意大利最爱国的人就是咖啡厅里的姑娘。我相信，现

① 原文为意大利语。

在她们仍然很爱国。

起初，小伙子们说到我的勋章时非常谦和有礼，问我立了什么功。我给他们看授勋状，那一纸文字非常华丽，满篇兄弟情谊、无私克制[①]之类的字眼，但去掉那些形容词，分明就是在说，我之所以获得勋章，是因为我是个美国人。从此以后，他们对我的态度起了变化，只不过相对于外人，我仍然是个朋友。我仍然是他们的一个朋友，但自从他们看过授勋状之后，我便不能真正算是他们中的一员了。因为他们经历的跟我不一样，他们是做了非常不一样的事才获得勋章的。不错，我确实负伤了，但大家都知道，说到底，负伤其实就是个意外。不过，我从来没有觉得佩戴着勋章心中有愧，而且有时在鸡尾酒时辰过后，我会想象，他们获颁勋章所干的那些事，我自己全都干过。但是在夜深时分，空荡荡的街道上，寒风扑面，所有的商店都已熄灯关门，我尽量挨着街灯走回家去，那时，我心里知道，我决然干不出那样的事情。我非常怕死，经常在夜里一个人躺在床上的时候，害怕自己会死去，不知道如果重返前线，我会是怎样一副德性。

三个获得勋章的小伙子就像猎鹰。虽然在那些没有狩猎经验的人眼里，可能我也像是一只鹰，其实我不是。这一点，他们三位比较清楚，所以我们渐行渐远了。但是，那个第一天上前线便负伤的小伙子，我同他仍然是好朋友，因为当时他对自己将来会怎样肯定一无所知。所以，他也不可能被他们接受。我喜欢他是因为我心想，兴许他和我一样，将来不会变成一只鹰。

少校，那位了不起的剑术家，不相信人不怕死。我们坐在诊疗椅上时，他花许多时间纠正我的语法。他曾经称赞我意大利语说得好，我们聊起来毫不费力。有一天我说，我觉得意大利语很容易学会，激

---

① 原文为意大利语。

不起我很大的兴趣，意大利语说起来一点都不难。“啊，是的，”少校说，“那么，你为何不注意一下语法的使用呢？”于是我们注意起语法的使用来，一下子，意大利语成了一门很难的语言，脑子里语法条理没弄清楚，我都不敢开口和他说话。

少校非常守规矩地上医院。我印象中他一次也有没缺席过，但他肯定是不相信那种诊疗的。有一段时间，我们谁也不相信那些诊疗椅，上校说，那完全是胡闹。当时诊疗椅刚面世，正好拿我们来试验其疗效。他说，那个主意很白痴：“理论而已，跟别的理论没什么两样。”我语法没学进去，他说我笨蛋，丢人丢到家了，又说他自己是个傻瓜，居然为我操这个心。他是个小个子男人，笔直地坐在诊疗椅里，右手插进诊疗装置，眼睛直视着前方的墙壁，两块皮子夹着他的手指，上下拍打着。

“要是有那么一天，战争结束了，你准备做什么？”他问我，“回答时注意语法！”

“我会回美国去。”

“你结婚了吗？”

“没有，但是想结婚。”

“那你就更傻了，”他说，他好像很生气，“男人不应该结婚。”

“为什么，少校先生？”

“别叫我‘少校先生’。”

“为什么男人不应该结婚？”

“不能结婚，不能结婚。”他愤怒地说，“如果将来会失去，就不该置身于会失去那一切的位置。不该置身于会失去的位置。应该寻找不会失去的东西。”

他说这些话的时候非常愤怒和痛苦，眼睛直视前方。

“可是，为什么就一定会失去呢？”

“就是会失去。”少校说。他望着墙壁。然后他低下头去望着诊疗装置，猛地一下，将他那只小手从皮子中间抽出来，狂暴地拍着大腿。“会失去的，”他几乎是在吼叫了，“别跟我争辩！”然后他对看管诊疗椅的护理员叫道：“过来，关掉这该死的东西。”

他回到另一间诊室去做光疗和按摩。接下来我听见他向医生借用电话，关上了门。他回到我们这间诊室的时候，我已经坐在另一张诊疗椅上。他已经披上披风，戴上帽子。他径直走到我的诊疗椅近前，将一只胳膊搭在我肩膀上。

“真抱歉，”他说，用那只好手拍了拍我的肩膀，“我不该无礼的。我的妻子刚去世。你千万别介意。”

“哦……”我说，心里面很为他难过，“请节哀。”

他站在那儿咬着下嘴唇。“我想顺天应变，”他说，“但是太难了。”

他的目光越过我，望着窗外。然后他哭了起来。“我根本做不到顺天应变。”他哽咽着说。然后他哭出声来，仰着头，眼神茫然，像士兵那样直挺挺地立着，两腮沾满泪水，咬着嘴唇，从一张张诊疗椅旁走过，出门而去。

医生告诉我，少校的妻子很年轻，少校残废退出战场后才同她结的婚。她死于肺炎，得病后没能撑几天。没人料到她会死。少校三天没来医院。之后他又按往常的时辰来就诊了，军装袖子上戴着黑纱。他回来时，诊疗室四面墙壁上已经挂起镶着大镜框的照片，展示各种伤情在使用诊疗椅进行医治前后的对比。上校那张诊疗椅面对的墙上有三张照片，展示的是与他同样伤情的手完全康复的情形。我不知道那些照片医生是从哪儿弄来的。我一直以为，我们是使用诊疗椅的第一批人。那些照片对少校并没有起多大作用，他目不旁视，只望着窗外。

（张炽恒　译）

在士麦那[1]码头上

奇怪的是她们每天晚上到了半夜就乱叫乱嚷，他说。我不知道她们干吗偏在那个时刻叫嚷。我们停在港口，她们都在码头上，到了半夜，她们就叫嚷了起来。我们常打开探照灯照她们，止住她们。那一招总是很管用。我们用探照灯对她们上上下下扫射了两三遍，她们就不叫了。我一度是码头上值班的高级军官，有个土耳其军官怒气冲天，向我走来，因为我们有个水手大大地侮辱了他。于是我跟他说，一定要把那个家伙押上船去，狠狠加以惩罚。我请他把那个人指认出来。于是他指出一个副炮手，其实这老兄最不会惹是生非了。说是他一再受到大大的侮辱；话是通过一个翻译跟我说的。我真想象不出这个副炮手怎么会懂得那么多土耳其话可以侮辱人。我就把他叫过来说："只是防你跟任何土耳其军官说话罢了。"

"我没跟他们任何人说过话，长官。"

"这我完全相信，"我说，"不过你最好还是上船去，今天就别再上岸来了。"

于是我跟那土耳其人说，这人给押上船去了，一定要严加惩处。啊，一定要严惩不

---

① 士麦那是古城名，今称伊兹密尔，是小亚细亚西部港口，曾被希腊占领，第一次世界大战后为土耳其收复。

货。他听了感到满意极了。我们是好朋友呢。

最糟糕的是那些带着死孩子的女人，他说。你没法叫那些女人扔下死孩子不管。她们的孩子都死了六天啦，就是不肯扔下。你拿这一点办法也没有。临了只好把她们押走。最离奇的是有个老大娘。我把这事告诉一个医生，他说我在瞎说。我们正把她们赶出码头，总得把死尸清理掉啊。这个老婆子就躺在一副担架上。他们说："请你看一看她好吗，长官？"于是我看了她一眼，就在这当口，她死了，身子完全僵硬了。她两腿伸直，下半身全挺直了，直僵僵的。正跟隔夜就死掉了似的。她彻底死了，完全僵硬了。我把这事告诉一个医学界的家伙，他跟我说这不可能。

大家全都在码头上，根本不像有地震啊这种事。因为大家根本不知道土耳其人的情况。大家根本不知道土耳其佬会干出什么事来。你还记得他们命令我们进港不准再开走吗？那天早晨进港时我很紧张。他有好多门大炮，可以把我们轰得片甲不留。我们紧挨着码头开来，正打算进港，抛下前锚和后锚，然后炮轰城里的土耳其营地。他们本来可能把我们从海面上肃清，但我们本来也可以把这城干脆轰光。我们进港时他们只是对我们开了几下空炮。凯末尔①作出决定，把那个土耳其司令革职了。罪名是越权啊什么的。他有点狂妄自大。这就可能把事情弄得一团糟。

你总记得那海港吧。海港里四处都漂浮着不少好东西。我生平只此一回碰上这种事，所以就梦见东西了。你对带着孩子的女人并不在意，你对带着死孩子的女人也一样并不在意。她们带着孩子可没什么不好。奇怪的是少数孩子怎么死掉的。只用什么东西把孩子盖住就不去管它了。她们总是挑货舱里最阴暗的角落带孩子。她们一离开码头

① 凯末尔（1881—1938），土耳其将军，1923 年—1938 年任第一任土耳其总统。

就百事不管了。

希腊人也真是够厉害的家伙。他们撤退时，驮载牲口都没法带走，所以他们干脆就打断牲口的前腿，把它们全抛进浅水里。所有断了前腿的骡子都给推进浅水里了。这简直是妙事一桩。哎呀，真是绝妙绝妙。

（陈良廷　译）

医生夫妇

迪克·博尔顿从印第安营地来替尼克的父亲锯木材。他随带儿子埃迪和另一个叫比利·泰布肖的印第安人。他们走出林子，从后门进来，埃迪扛着长长的横锯。他走路时锯子就在肩上啪嗒啪嗒发出乐声。比利·泰布肖带着两把活动大铁钩①。迪克挟着三把斧子。

他转身关上院门。那三个径自走在他头里，直奔湖岸而去，木头就掩埋在岸边沙滩里。

这些木头原是“魔法”号轮船拖运到湖边工厂里来，从大筏堰②口漂失的。木头漂流到沙滩上来，要是没碰上什么事，“魔法”号上的水手迟早会乘一条划子，顺着湖岸划来，找到木头，用带环的铁钉钉住每根木头的端头，然后把木头拖到湖面上，做一个新的筏堰。不过伐木工兴许不会来找木头，因为区区几根木头犯不着出动水手来捞取。要是没人来捞，这些木头就会泡足水，在沙滩里烂掉。

尼克的父亲一直以为总会这么着，才雇

---

① 一端装有活动钩的木杆，用来钩住木头使其翻转。

② 横拦于河面上或港口的大铁链，或一大批浮木，用来防止由水上拖运来的木头漂走。

了印第安人从营地来替他用横锯锯断木头，再用楔子把木头劈开做木材和敞口壁炉用的柴火。迪克·博尔顿绕过小屋，向湖边走去。有四大根山毛榉木头几乎掩埋在沙滩里。埃迪将锯子一个把手挂在一棵树的树叉上。迪克在小小的码头上把三把斧子放下。迪克是个混血儿，湖边一带不少庄稼人都认为他其实是个白人。他很懒，不过一干起活来，还是一把好手。他从口袋里掏出一块嚼烟来，嚼了一口，就用奥杰布华[①]语对埃迪和比利·泰布肖说话。

他们用活动铁钩扎进一根木头，使劲转动，想把木头从沙滩里松开。他们把浑身力量都压在铁钩杆上。木头在沙滩里松动了。迪克·博尔顿对尼克的父亲回过头来。

“我说啊，医生，”他说，“你偷了好大一批木材啊。”

“别那么说，迪克，”医生说，“这是冲上岸来的木头。”

埃迪和比利·泰布肖把木头从湿沙里摇出来，滚到水里去。

“把木头放在水里。”迪克·博尔顿大喝一声道。

“你干吗这样？”医生问道。

“洗一洗。把沙土洗掉才好锯呢。我倒要看看这木头是谁的。”迪克说。

木头就在湖水里漂荡。迪克和比利·泰布肖身子靠着活动铁钩，在日头底下直淌汗。迪克跪在沙地里，瞧着木头顶端上过秤人的锤印。

“原来是怀特-麦克纳利的。”他说着站起身，掸掉裤膝上的沙土。

医生很不安。

“那你最好别锯了，迪克。”他不耐烦地说。

“别发火啊，医生，”迪克说，“别发火。我可不管你偷谁的。这

---

① 奥杰布华是居住在北美苏必利湖地方的一支印第安人。

不关我的事。”

“你要是认为木头是偷来的，就让它去，带着你的工具回营地去吧。”医生说。他的脸红了。

“别急啊，医生，”迪克说，他把烟草汁唾在木头上，烟草汁一滑，滑在水里冲淡了，“你我都清楚这是偷来的。跟我不相干。”

“得了。你要是认为木头是偷来的，那就拿着家伙滚吧。”

“喂喂，医生——”

“拿着家伙滚吧。”

“听我说，医生。”

“你要是再叫我一声医生，我就敲断你的狗牙，叫你咽下去。”

“啊，不，谅你不敢，医生。”

迪克·博尔顿瞧着医生。迪克是个大个儿。他知道自己个儿多大。他乐意打架。他高兴。埃迪和比利·泰布肖身子靠在活动铁钩上面，瞧着医生。医生嚼着下唇的胡子，瞧着迪克·博尔顿。然后他转身就朝山上小屋走去。他们看他背影就知道他多火了。他们全都目送他上山，走进小屋里去。

迪克说了一句奥杰布华语，埃迪笑了，可是比利·泰布肖神色非常严肃。他不懂英语，但吵架时他一直在卖力干活。他操起两把活动铁钩。迪克捡起斧子，埃迪从树上摘下锯子。他们动身了，走过小屋，走出后门，进了树林。迪克让院门开着。比利·泰布肖回身把门拴住。他们穿过树林走掉了。

医生在小屋里，坐在房里床上，看见大书桌旁地板上有一堆医学杂志。这些杂志还包着没拆封。他一看就火了。

“你不是回来工作吧，亲爱的？”医生太太在房里拉上百叶窗，她正躺着，顺口问道。

“不！”

"出什么事了？"

"我跟迪克·博尔顿吵了一架。"

"哦，"太太说，"但愿你没动肝火，亨利。"

"没。"医生说。

"记住，不轻易发怒的，胜过勇士[①]。"他太太说。她是个基督教科学派[②]。她的《圣经》、她那本《科学与健康》和《季刊》就放在暗洞洞的房里床边桌上。

她丈夫不搭腔。这会儿他正坐在床上，擦着猎枪。他推上装满沉甸甸、黄澄澄子弹的弹夹，再抽了出来，子弹都撒在床上。

"亨利，"他太太喊道，停顿了片刻，"亨利！"

"嗯。"医生说。

"你没说过什么惹博尔顿生气的话吧？"

"没有。"医生说。

"那有什么烦心的事，亲爱的？"

"没什么大不了的。"

"跟我说说，亨利。请你别瞒住我什么事。究竟烦什么？"

"说起来，我治好迪克老婆的肺炎，他欠了我一大笔钱，我想他存心吵上一架，这样就用不着干活来抵债了。"

他太太不作声。医生用一块破布仔细擦着枪。他把子弹推回去，顶住弹夹的弹簧。他把枪搁在膝上坐着。他很喜欢这支枪。一会儿他又听到太太在暗洞洞的房里的说话声。

"亲爱的，我倒认为，我真的认为，谁也不会真的做出那种事。"

"是吗？"医生说。

---

① 典出《圣经·旧约·箴言》第 16 章第 32 节，此句强调有自制能力之重要。

② 基督教科学派是玛丽·贝克·埃迪于 1866 年首创的一种医疗方法，将基督教与科学相结合，以精神力量战胜疾病。

“是的。我真的不信哪个人会存心做出那种事。”

医生站起身，把猎枪放在镜台后面的墙角里。

“你出去吗，亲爱的？”他太太说。

“我想去走走。”医生说。

“亲爱的，你要是看见尼克，请你跟他说妈妈要找他，行吗？”他太太说。

医生出去，走到门廊上。顺手砰地关上身后的纱门。关上门时他听见太太倒抽口气。

“对不起。”他在拉上百叶窗的窗户外说。

“没事儿，亲爱的。”她说。

他冒着暑热，走出院门，沿着小径，走进铁杉树林子里。甚至在这么个大热天里，林子里也是荫凉的。他看见尼克背靠一棵树坐着在看书。

“你妈要你去看看她。”医生说。

“我要跟你一起去。”尼克说。

他父亲低头看着他。

“行啊。那就快走吧，”他父亲说，“把书给我。我把它放在口袋里。”

“我知道黑松鼠在哪儿了，爹。”尼克说。

“好吧，”他父亲说，“咱们就到那儿去吧。”

（陈良廷　译）

三天大风

尼克拐进穿过果园那条路时，雨停了。果子都摘了，秋风吹过光秃秃的果树。路边枯黄的野草里有只瓦格纳苹果，给雨水淋得透亮，尼克停步捡起了苹果。他把苹果放进厚呢短大衣的口袋里。

那条路出了果园，直达山顶。山顶有小屋，门廊空荡荡的，烟囱里冒着烟。屋后是车库，鸡棚，二茬树像堵树篱，挨着后面的林子。他放眼望去，上空的树给风刮得远远倒向一边。今年秋天还是头一遭刮大风呢。

尼克走过果园上面那块空地时，小屋的门打开了，比尔出来了。他站在门廊上往外看。

“哎呀，威米奇。”他说。

“嗨，比尔。”尼克说着走上台阶。

他们站在一起，眺望着原野对面，俯视着果园、路那边、低处田野和突出湖面那岬角的林子那边。大风正直扫湖面。他们看得见十里岬沿岸的浪花。

“在刮风呢。”尼克说。

“这样刮要连刮三天呢。”比尔说。

“你爹在吗？”尼克说。

“不在。他拿着枪出去了。进来吧。”

尼克进了屋。壁炉里生着堆熊熊烈火。

风刮得炉火呼啦啦响。比尔关上门。

“喝一杯?”他说。

他到厨房里，拿来两个玻璃杯和一壶水。尼克伸手到壁炉架上去拿瓶威士忌。

“行吗?”他说。

“行。”比尔说。

他们坐在火堆前，喝着兑水的爱尔兰威士忌。

“有股冲鼻的烟味。”尼克说，两眼透过玻璃杯看着火。

“是泥炭。”比尔说。

“酒里不会放泥炭的。”尼克说。

“那没什么关系。”比尔说。

“你见过泥炭吗?”尼克问。

“没。”比尔说。

“我也没。”尼克说。

他伸出腿，搁在炉边，鞋子在火堆前冒起水汽来了。

“最好把你的鞋脱了。”比尔说。

“我没穿袜子。”

“把鞋脱了，烤烤干，我去给你找找看。”比尔说。他上阁楼去了，尼克听见头顶上有他的走动声。楼上房间敞开，就在屋顶下，比尔父子和他，尼克，有时就在楼上睡觉。后面是一间梳妆室。他们把床铺往后挪到雨淋不到的地方，上面盖着橡皮毯。

比尔拿了一双厚羊毛袜下来。

“天晚了，不穿袜子不能到处走动。”他说。

“我真不愿再穿上。”尼克说。他套上袜子，又倒在椅子里，把腿搁在炉火前的屏风上。

“你要把屏风搁坏了。”比尔说。尼克把两腿一翘，搁到炉边。

“有什么好看的吗？”他问。

“只有报纸。”

“卡斯队[1]打得怎么样？”

“一天连续两场比赛都输给巨人队[2]。”

“他们应当稳赢的。”

“这两场球是白送的，”比尔说，“只要麦克劳[3]在球队俱乐部联合会中能收买每一个球员，那就没什么问题。”

“他不能把大家全买通啊。”尼克说。

“凡是他用得着的人，他都买通了，”比尔说，“不行的话，他就弄得大家都不满，只好同他做买卖。”

“比如海尼·齐姆。”尼克附和道。

“那个笨蛋对他可大有好处呢。”

比尔站起身。

“他能得分。”尼克提出道。炉火的热气把他的腿烤热了。

“他也是个出色的外野手，”比尔说，“不过他也输过球。”

“说不定是麦克劳要他输的。”尼克提出道。

“说不定。”比尔附和说。

“事情背后往往大有文章。”尼克说。

“那当然。不过咱们虽然隔得那么远，内幕消息倒不少。”

“就像你虽然没有看见赛马，照样大有选马眼力。”

“一点不错。”

比尔伸手去拿威士忌酒瓶。他的大手伸出老远去斟酒，把威士忌倒在尼克端在手里的酒杯里。

---

① 卡斯队指美国圣路易市的卡迪纳尔棒球队。

② 巨人队是美国纽约市的棒球队。

③ 指美国球星约翰·麦克劳（1875—1934），1902 年—1932 年担任巨人队教练。

“兑多少水？”

“照旧。”

他在尼克椅子旁边的地板上坐下。

“秋风一起真不坏吧？”尼克说。

“是不赖。”

“这是一年中最好的季节。”尼克说。

“城里会不会闹翻了天？”比尔说。

“我就喜欢看世界职业棒球锦标赛[①]。”尼克说。

“得了，如今锦标赛总是在纽约或费城举行，”比尔说，“对咱们一点好处都没有。”

“不知卡斯队会不会夺标？”

“这辈子休想看到了。”比尔说。

“哎呀，他们要气疯了。”尼克说。

“你还记得他们碰到火车出事之前那回的情况吗？”

“当然！”尼克想起来说。

比尔伸出手去拿那本扣在窗下桌上的书，刚才他到门口时顺手就放在那儿了。他一手端着酒杯，一手拿着书，背靠着尼克的椅子。

“你在看什么书？”

“《理查德·菲弗里尔》[②]。”

“我对这书可不感兴趣。”

“这本书不错，”比尔说，“不是坏书，威米奇。”

“你还有什么我没看过的书？”尼克问。

---

① 指美国两大职业棒球协会中胜队之间的年度冠军棒球决赛，定于每年秋季举行，是轰动全国甚至全世界的体坛大事，所以比尔说起秋天就想到城里会闹翻天。

② 全名为《理查德·菲弗里尔的磨难》，是英国作家乔治·梅瑞狄斯（1828—1909）于1859年发表的长篇小说。

“你看过《森林情侣》[1]吗？”

“看过。就是那本书里写他们每晚上床，都在两人中间放把出鞘的剑。”

“是本好书，威米奇。”

“是本不赖的书。我始终搞不懂这把剑有什么用处。这把剑得一直剑锋朝上，因为翻倒的话，你就滚得过去，也不会出什么事。”

“这是象征。”比尔说。

“当然，”尼克说，“可这不符合实际。”

“你看过《坚忍不拔》吗？”

“好书，”尼克说，“倒是本真实的书。那书里写他老爹一直在找他。你还有沃尔波尔[2]的作品吗？”

“《黑森林》，”比尔说，“写俄国的。”

“他对俄国懂得什么啊？”尼克问。

“我不知道。那些家伙可说不清。也许他小时候在那儿。他有不少有关俄国的内幕消息呢。”

“我倒想见见他。”尼克说。

“我倒想见见切斯特顿[3]。”比尔说。

“我真希望他眼下就在这儿，”尼克说，“咱们明天就可以带他上夏勒伏瓦去钓鱼了。”

“不知他想不想去钓鱼。”比尔说。

“当然去，”尼克说，“他一定是钓鱼老手。你还记得《短暂的客

---

① 这是英国作家莫里斯·休利特（1861—1923）最重要的长篇小说，写一则中世纪的浪漫故事。

② 指休·沃尔波尔（1884—1941），英国作家，著有小说多部，《坚忍不拔》（1913）、《黑森林》（1916）都是他的主要作品。

③ 指吉尔伯特·切斯特顿（1874—1936），英国作家，著有诗集《白马谣》《黑骑士》，小说《布朗神父的纯朴》《布朗神父的丑行》等。

栈》[1]吗？”

“天使下凡尘，
赐你一杯羹，
受宠先谢恩，
倒进污水盆。”

“一点不错，”尼克说，“我看他这人比沃尔波尔强。”

“哦，没错儿，他是强一些。”比尔说。

“不过沃尔波尔写文章比他强。”

“我不知道，”尼克说，“切斯特顿是个文豪。”

“沃尔波尔也是个文豪。”比尔坚持道。

“但愿他们两个都在这儿，”尼克说，“咱们明天就可以带他们到夏勒伏瓦去钓鱼了。”

“咱们来个一醉方休吧。”比尔说。

“行啊。”尼克附和道。

“我老子才不管呢。”比尔说。

“真的吗？”尼克说。

“我有数。”比尔说。

“我现在就有点醉了。”尼克说。

“你没醉。”比尔说。

他从地板上站起身，伸手去拿那瓶威士忌。尼克将酒杯伸过来。比尔斟酒时，他两眼直盯着。

比尔在杯里斟了半杯威士忌。

---

①《短暂的客栈》是切斯特顿 1914 年出版的小说，诗句引自小说正文。

“自己兑水，”他说，“只有一小杯了。”

“还有吗？”尼克问。

“酒可多的是，可爹只肯让我喝已经启封的。”

“那当然。”尼克说。

“他说喝新启封的酒会成为酒鬼。”比尔解释说。

“一点不错。”尼克说。他听了印象很深。他以前倒从没想到这点。他一向总是认为只有独自喝闷酒才会成为酒鬼呢。

“你爹怎么样？”他肃然起敬问。

“他挺好，”比尔说，“有时有点儿胡来。”

“他人倒是不坏。”尼克说。他从壶里往自己杯里加水。水慢慢就同酒混在一起了。酒多水少。

“他人确实不坏。”比尔说。

“我老子也不错。”尼克说。

“对极了。”比尔说。

“他说自己一生滴酒不沾。”尼克说，仿佛在发表一项科学事实似的。

“说起来，他是个大夫呢。我老子是个画家。那可不一样。”

“他错失不少良机。”尼克忧伤地说。

“这倒难说，”比尔说，“万事有失必有所得。”

“他说自己错失不少良机。”尼克直说道。

“说起来，我爹也有一段日子很倒霉。”比尔说。

“全都彼此彼此。”尼克说。

他们坐着，一边望着炉火里边，一边想着这深刻的真理。

“我到后门廊去拿块柴火。”尼克说。他望着炉火里边时注意到火快熄灭了。同时他也希望表示一下自己酒量大，头脑还管用。尽管他父亲一生滴酒不沾，但是比尔自己还没醉就休想灌醉他。

“拿块大的山毛榉木头来。”比尔说。他也存心摆出一副头脑还管用的样子。

尼克拿了柴火，穿过厨房进屋来，走过时把一个锅子从厨房桌上碰翻了。他放下柴火，捡起锅子。锅里有浸在水中的杏干。他仔细把杏干一一从地板上捡起来，有几颗已经滚到炉灶下面了，他把杏干放回锅里。他从桌边桶里取些水来泡在杏干上。他感到自己十分得意。他的头脑完全管用呢。

他搬了柴火进来，比尔起身离座，帮他把柴火放进炉火里。

“那块柴真不赖。”尼克说。

“我一直留着等天气坏才用，”比尔说，“这样一大块柴好烧整整一夜呢。”

“到了早晨烧剩木炭又好生火了。”尼克说。

“对啊。”比尔附和道。他们的谈话水平可高呢。

“咱们再喝一杯。”尼克说。

“我想柜子里还有一瓶已经启封的。”比尔说。

他在墙角柜前跪下，取出一瓶廉价烈酒。

“这是苏格兰威士忌。”他说。

“我会多兑些水。”尼克说，他又出去，走到厨房里。他用勺子从桶里舀出阴凉的泉水，灌满水壶，回起居室时，走过饭厅里一面镜子，照了照。他的脸看上去真怪。他对着镜中的脸笑笑，镜中的脸也咧嘴回他一笑。他对着那脸眨眨眼睛就往前走了。这不是他的脸，不过这没多大关系。

比尔斟了酒。

“这一大杯真够呛的。”尼克说。

“咱们才不当一回事呢，威米奇。”比尔说。

“咱们为什么干杯？”尼克举杯问。

“咱们为钓鱼干杯吧。”比尔说。

“好极了，”尼克说，“诸位先生，我提议为钓鱼干杯。”

“就为钓鱼，”比尔说，“到处钓鱼。”

“钓鱼，”尼克说，“咱们就为钓鱼干杯。”

“这比棒球强。”比尔说。

“这扯不上一块，”尼克说，“咱们怎么扯上棒球来了？”

“错了，”比尔说，“棒球是大老粗玩的。”

他们把杯里的酒一饮而尽。

“现在咱们为切斯特顿干杯。”

“还有沃尔波尔呢。”尼克插嘴说。

尼克斟酒。比尔倒水。他们相对一看。大家感觉良好。

“诸位先生，”比尔说，“我提议为切斯特顿和沃尔波尔干杯。”

“说得对，诸位先生。”尼克说。

他们干了杯。比尔把杯子斟满。他们在炉火前两张大椅子里坐下。

“你非常聪明，威米奇。”比尔说。

“你什么意思？”尼克问。

“同玛吉那档子事吹了。”比尔说。

“我想是吧。”尼克说。

“只有这么办了。要是你没吹，这会儿你就要回家去干活，想法攒足钱结婚。”

尼克一言不发。

“男人一旦结婚就彻底完蛋，”比尔继续说，“他什么都没有了。一无所有。屁也没有。他玩儿完了。你见过结了婚的男人。”

尼克一言不发。

“你一看他们就知道，”比尔说，“他们都有这种结过婚的傻样儿。

他们玩儿完了。”

“那当然。”尼克说。

“吹了兴许很可惜，”比尔说，“不过你这人总是爱上别的人就没事了。爱上她们可没什么，就是别让她们毁了你啊。”

“是。”尼克说。

“要是你娶了她啊，那就得娶她一家子。别忘了还有她母亲和她嫁的那家伙。”

尼克点点头。

“想想看，一天到晚只见他们围着屋子转，星期天还得上他们家去吃饭，还要请他们来吃饭，听她母亲老是叫玛吉去做什么、怎么做。”

尼克默默坐着。

“你既然脱了身，那可太好了，”比尔说，“现在她可以嫁给像她自己那样的人，成个家，开开心心过日子了。油跟水不能掺和在一起，那种事也不能掺和在一起，正如我不能娶为斯特拉顿家干活的艾达一样。艾达大概也很想这样。”

尼克一言不发。酒意全消，任他逍遥自在。比尔不在那儿。他不坐在炉火前，明天也不跟比尔和他爹去钓鱼啊什么的。他并不醉。这都过去了。他只知道自己从前有过玛乔丽，又失去了她。她走了，他打发她走的。那是关键。他没准儿再也见不到她了。大概永远不会见到她了。一切全过去了，全完了。

“咱们再喝一杯。”尼克说。

比尔斟酒，尼克泼了一点水进去。

“要是你走了那条路，那咱们现在就不会在这儿了。”比尔说。

这话倒不错。他原来的计划是回家去找份活儿。然后计划整个冬天都留在夏勒伏瓦，这样就可以亲近玛吉。现在他可不知自己打算做什么了。

“大概咱们明天连鱼也钓不成了，”比尔说，“你那一着走得对，没错儿。”

“我是没法子。”尼克说。

“我知道。只有这样才行。”比尔说。

“忽然一下子，一切都结束了，”尼克说，“我不知道这是什么道理。我没法子。正像眼下连刮三天大风，把树叶全都刮光一样。”

“得了，都结束了。不必多说了。”比尔说。

“这是我的错。”尼克说。

“是谁的错都没关系。”比尔说。

“不，我认为不是这样。”尼克说。

玛乔丽走了，大概他永远也不会再见到她了，那才是大事。他跟她谈过他们一起到意大利去，两个人该有多开心。谈过他们一起要去的地方。如今全过去了。

“只要这事了结了，那就万事大吉，”比尔说，“说真的，威米奇，这事拖下去我还真担心呢。你做得对。我听说她母亲气得要命。她告诉好多人说你们订了婚。”

“我们没订婚。”尼克说。

“都在传说你们订了婚。”

“那我没法说了，”尼克说，“我们没订婚。”

“你们原来不是打算结婚吗？”比尔问。

“是啊。可我们没有订婚。”尼克说。

“那有什么区别？”比尔像法官似的问。

“我不知道。总有区别吧。”

“我看不出来。”比尔说。

“那好，”尼克说，“咱们喝个醉吧。”

"那好，"比尔说，"咱们就喝它个真正大醉。"

"咱们喝醉了就去游泳。"尼克说。

他一口气喝干。

"我对她深感内疚，可我有什么法子呢？"他说，"你也知道她母亲那德性！"

"她真厉害。"比尔说。

"忽然一下子全了结了，"尼克说，"我不该谈起这事。"

"不是你谈起的，"比尔说，"是我谈起的，现在我不谈了。咱们再也不会谈起这事了。你不该想起这事。一想又会陷进去了。"

尼克原来并没有想到过这事。这事似乎早成定局了。那只是个想法而已。想想倒让他感到好受些。

"当然，"他说，"总是有那种危险的。"

他现在感到高兴了。绝没有什么无可挽回的事。他星期六晚上可以进城了。今天是星期四。

"总有一个机会的。"他说。

"你可得自己留神。"比尔说。

"我自己会留神的。"他说。

他感到高兴了。什么事都没有完结。什么都没有失去过。星期六他要进城去。他的心情轻松些了，跟比尔没开头提起这事的时候那样。总有一条出路的。

"咱们拿枪到岬角那儿找你爹去吧。"尼克说。

"好吧。"

比尔从墙壁架上取下两支猎枪。他打开子弹匣。尼克穿上厚呢短大衣和鞋子。他的鞋烤得硬邦邦的。他还醉醺醺的，可是头脑清楚。

"你感觉怎么样？"尼克问。

"不赖。我只是刚有点儿醉意罢了。"比尔正扣上毛衣的纽扣。

"喝醉了也没好处。"

"是啊，咱们该上户外去。"

他们走出门。正在刮大风。

"刮风天鸟儿会躲在草地里。"尼克说。

他们朝山下果园走去。

"我今天早上看见一只山鹬。"比尔说。

"也许咱们会惊动它。"尼克说。

"这么大的风没法开枪。"比尔说。

到了外边，玛吉那档子事再也没那么惨了。那事甚至没什么了不得。大风把一切都那样刮跑了。

"风是一直从大湖那边刮来的。"尼克说。

他们顶着风听到一声枪响。

"是爹，"比尔说，"他在沼泽地。"

"咱们就顺那条路穿下去吧。"尼克说。

"咱们就穿过下面草地，看看是不是会惊起什么。"比尔说。

"好吧。"尼克说。

现在没什么了不得的事了。大风把它从他头脑里刮走了。他照旧可以在星期六晚上经常进城去。幸亏有备无患啊。

（刘文澜　译）

尼克一骨碌站起身。居然一点没事。他抬头望着路轨，目送末节货车拐过弯，开得看不见灯光。路轨两边都是水，落叶松全浸在水中。

他摸摸膝盖。裤子划破了，皮肤也擦破了。两手都擦伤了，指甲里都嵌着沙子和煤渣。他走到路轨另一边，沿着小坡来到水边洗洗手。他在凉水里仔细洗着，把指甲里的污垢洗净。他蹲了下来，洗洗膝盖。

这个扳闸工真是混账东西。他早晚总有一天要找到那家伙。叫那家伙再领教领教他的厉害。那家伙的办法好妙啊。

“来啊，小子，”那家伙说道，“我给你看样东西。”

他上当了。这玩笑开得实在够呛。下回他们休想再这样骗他。

“来啊，小子，我给你看样东西。”正说着，訇的一下，他双手双膝就磕在路轨旁边了。

尼克揉揉眼睛。肿起了一个大疙瘩。眼圈准保发青了。已经感到痛了。扳闸工那个混账小子！

他用手指摸摸眼睛上的肿块。哦，还好，只不过一只眼圈发青罢了。他总共就受这么点伤。这代价还算便宜。他希望能看到自己的眼睛。可是水里照不出来。天又黑，又是前不巴村后不着店的。他在裤子上擦擦手，站起身来，爬上路堤，走到铁轨上来。

他顺着路轨走去。道渣铺得匀整，走道倒也方便，枕木间铺满黄沙和小石子，路面结实。平滑的路基像条穿越水洼地的堤道通向前。尼克一路向前走着。他得找个落脚点才好。

刚才货车减速开往沃尔顿交叉站外面的调车场时，尼克就吊到了车上。天刚擦黑，尼克搭的这列货车才开过卡尔卡斯卡。这会儿他一定快到曼斯洛纳了。要在水洼地走三四英里。他就继续踩在枕木间的道渣上，顺着路轨一直走去，水洼地在升起的薄雾里朦朦胧胧。他眼睛又痛，肚子又饿。他不停走着，一直走了好几英里。路轨两旁的水洼地还是一个样。

前面有座桥。尼克过了桥，靴子踩在铁桥上发出空洞的声音。桥下流水在枕木的缝隙间显得黑乎乎的。尼克踢着一枚松落的道钉，道钉就此滚到水里去了。桥外是群山，耸立在路轨两旁，黑咕隆咚的。在路轨那头，尼克看见有堆火。

他顺着路轨小心地向火堆走去。这堆火在路轨的一侧，铁道路堤下面。他只看到了火光。路轨穿过一条开凿出来的山路，火光亮处出现一片空地，给树林子遮住了。尼克小心顺着路堤下来，走进树林，穿过树木向火堆走去。这是个山毛榉林子，他穿过林间时，鞋底把掉在地上的坚果踩得嘎吱嘎吱响。火堆就在林边，这会儿很明亮。有个人坐在火堆旁。尼克在树后等着，眼睁睁瞧着。看上去只有一个人。他坐在那儿，双手捧着脑袋，望着火。尼克一步跨了出来，走进火光。

坐着的那人盯着火。尼克走近他身旁，他还是一动不动。

“喂！”尼克说道。

那人抬眼看看。

“你哪儿弄来个黑眼圈？”他问道。

“一个扳闸工揍了我一拳。”

“从直达货车上下来吗？”

“不错。”

“我瞧见那孬种来着。大约一个半小时以前他刚路过这儿。他在车皮顶上走着，一边甩着胳膊，一边唱歌。”那人说。

“这个孬种！”

“他揍你准保感到很舒服。”那人正色道。

“我早晚要揍他一顿。”

“几时等他经过，对他扔石头就得了。”那人劝道。

“我要找他算账。”

“你是条硬汉子吧？”

“不是。”尼克答道。

“你们这些小伙子全都是硬汉。”

“不硬不行啊。”尼克说道。

“我就是这么说来着。”

那人瞧着尼克，笑了。在火光下尼克看到他的脸变了相。鼻子是塌下去的，眼睛成了两条细缝，两片嘴唇奇形怪状。尼克没有一下子把这些全看清，他只是看到这人的脸庞长得怪，又毁了形。就像个大花脸。在火光下神色同死尸一样。

“你不喜欢我这副嘴脸吗？”那人问道。

尼克不好意思了。

“哪儿的话。”他说。

“瞧！”那人脱了帽。

他只有一个耳朵，牢牢贴在脑袋半边。另一个耳朵只剩下个耳根。

“看见过这样的长相吗？”

“没见过。”尼克说道。他看了有点恶心。

“我受得了。难道你以为我受不了，小伙子？”那人说道。

“没的事！”

“他们的拳头落在我身上都开了花，可谁也伤不了我。”那小个儿说道。

他瞧着尼克。“坐下，”他说道。“想要吃吗？”

“别麻烦了，”尼克说道，“我要上城里去。”

“听着！叫我阿德好了。”那人说道。

“好！”

“听着。我这人不大对劲。”那小个儿说道。

“怎么啦？”

“我是疯子。”

他戴上帽子。尼克忍不住想笑出声来。

“你很正常嘛！”他说道。

“不，我不好。我是疯子。呃，你发过疯吗？”

“没。你怎会发疯的？”尼克说道。

“我不知道，”阿德说，“你一旦得了疯病自己是不知道的。你认识我吗？”

“不认识。”

“我就是阿德·弗朗西斯。”

“不骗人？”

“你不信？”

“信。”

尼克知道这管保错不了。

“你知道我怎么打败他们的吗？”

“不知道。”尼克说道。

“我心脏跳得慢。一分钟只跳四十下。按按脉。”

尼克拿不定主意。

“来啊，”那小个儿抓住了他的手，“抓住我手腕子。手指按在脉上。”

这小个儿的手腕很粗，骨头上的肌肉鼓鼓的。尼克指尖下感到他脉搏跳动很慢。

“有表吗？”

“没。”

“我也没。没个表真不方便。”阿德说道。

尼克放下他的手腕子。

“听着。再按一下脉。你数脉搏，我数到六十。”阿德·弗朗西斯说道。

尼克指尖摸到缓慢有力的搏动就开始数了。他听到这小个儿大声慢慢数着，一，二，三，四，五……

“六十，”阿德数完了，“正好一分钟。你听出是几下？”

“四十下。”尼克说道。

“一点不错，就是跳不快。”阿德高高兴兴说。

有个人顺着铁道路堤下来，穿过空地走到火堆边。

“喂，柏格斯！”阿德说道。

“喂！”柏格斯应道。这是个黑人的声音。瞧他走路的样子尼克就知道他是个黑人。他正弯着腰在烤火，背对他们站着。他不由得直起了身子。

“这是我老朋友柏格斯，他也疯了。”阿德说道。

“幸会，幸会。你打哪儿来？”柏格斯说道。

“芝加哥。”尼克说道。

“那城市好哇。我还没请教你大名呐。”那黑人说。

“亚当斯。尼克·亚当斯。”

“他说他从没发过疯，柏格斯。”阿德说道。

“他运气好。”黑人说。他在火堆旁打开一包东西。

“柏格斯，咱们什么时候才吃饭？”那个职业拳击家问道。

“马上就吃。”

“尼克，你饿吗？”

“饿坏了。”

“听到吗，柏格斯？”

“你们说的话我大半都听到了。”

“我问你的不是这话。”

“嗳。我听到这位先生说的话了。”

他正往一个平底锅里搁着火腿片。锅烫了，油嗞嗞直响，柏格斯弯下黑人天生的两条长腿，蹲在火边，翻弄火腿，在锅里打了几个鸡蛋，不时翻着面，让蛋浸着热油，免得煎煳了。

“亚当斯先生，请你把那袋子里的面包切几片下来吧。”柏格斯从火边回过头来说道。

“好咧！”

尼克把手伸进袋子里，掏出一只面包。他切了六片。阿德眼巴巴看着他，探过身去。

“尼克，把你的刀子给我。”他说道。

“别，别给。亚当斯先生，攥住刀子。”黑人说道。

那个职业拳击家坐着不动了。

“亚当斯先生，请你把面包给我，行吗？”柏格斯要求道。尼克就把面包递给他。

“你喜欢面包蘸火腿油吗？”黑人问道。

“那还用说！”

“咱们还是等会儿再说吧。最好等到快吃完了。给！”

黑人捡起一片火腿，搁在一片面包上，上面再盖个煎蛋。

“请你把三明治夹好，给弗朗西斯先生吧。”

阿德接过三明治，张口就吃。

“留神别让鸡蛋淌下，”黑人警告了一声，“这个给你，亚当斯先生。剩下的归我。”

尼克咬了一口三明治。黑人挨着阿德坐在他对面。热乎乎的火腿煎蛋味道真美。

“亚当斯先生真饿了。”黑人说道。那小个儿不吱声，尼克对他慕名已久，知道他是过去的拳击冠军。打从黑人说起刀子的事他还没开过口呢。

“我给你来一片蘸热火腿油的面包好吗？”柏格斯说道。

“多谢，多谢。”

那小个儿白人瞧着尼克。

“阿道夫·弗朗西斯先生，你也来点吗？”柏格斯从平底锅取出面包给他道。

阿德不答他的茬，兀自瞧着尼克。

“弗朗西斯先生？”黑人柔声说。

阿德不答他的茬，兀自瞧着尼克。

“我跟你说话来着，弗朗西斯先生。”黑人柔声说。

阿德一个劲地瞧着尼克。他拉下了帽檐，罩住了眼睛。尼克感到紧张不安。

“你怎么胆敢这样？”他从压低的帽檐下厉声喝问尼克道。

“你把自己当成什么人来着？你这个神气活现的杂种。人家没请你，你自己找上门来了，还吃了人家的东西，人家问你借刀子，你倒神气啦。”

他狠狠瞪着尼克，脸色煞白，眼睛给帽檐罩得差点看不出来。

“你倒真是个怪人。到底是谁请你上这儿来多管闲事的？”

“没人。”

“你说得对极了，没人请你来。也没人请你待在这儿。你上这儿来，当着我面神气活现的，抽我的雪茄；喝我的酒，说话神气活现。你当我们能容忍你到什么地步？”

尼克一声不吭。阿德站起身来。

“老实跟你说，你这个胆小的芝加哥杂种。小心你的脑袋就要开花啦。你听明白了？”

尼克退后一步。小个儿慢慢向他步步紧逼，拖着脚步走向前去，左脚迈出一步，右脚就紧跟上去。

“揍我啊。试试看，敢揍吗？”他晃着脑袋。

“我不想揍你。”

“你休想就这样脱身。回头就叫你挨顿打，明白吗？来啊，先对我打一拳。”

“别胡闹了！”尼克说道。

“行啊，你这个杂种。”

小个儿两眼望着尼克的脚，刚才他离开火堆的时候，黑人就一直跟着他，这会儿趁他低头望着，黑人稳住身子，照着他后脑勺啪的一下。他扑倒在地，柏格斯赶紧把裹着布的棍子扔在草地上。小个儿躺着，脸埋在草堆里。黑人抱起他，把他抱到火边。他耷拉着脑袋，脸色怕人，眼睛睁着。柏格斯轻轻把他放下。

“亚当斯先生，请你把桶里的水给我弄来。恐怕我下手重了点儿。”他说道。

黑人用手往他脸上泼水，又轻轻拉他耳朵。他眼睛才闭上。

柏格斯站起身来。

“他没事了。用不着操心。真对不起，亚当斯先生。”他说道。

“没关系。”尼克低头望着小个儿。他看见草地上的棍子，顺手捡了起来。棍子有个柔韧的把儿，抓在手上倒是得心应手。这是拿旧的黑皮革做的，重的一头裹着手绢。

“这是鲸骨把儿。如今没人再做这玩意儿了，”黑人笑道，“我不知道你自卫的能耐怎么样，不管怎么着，我不希望你把他打伤，或是打中他要害，也不希望他打伤你。”

黑人又笑了。

“你自己倒把他打伤了。”

“我知道怎么办。他一点都记不得的。每当他这样发作，我总是只好给他来一下，叫他换换脑筋。”

尼克兀自低头望着躺在地上的那小个儿，在火光中只见他闭着眼。柏格斯往火里添了些柴火。

“亚当斯先生，你不必再为他操心啦。他这模样我以前见得多了。”

“他怎会发疯的？”尼克问道。

“噢，原因可多着呐，”黑人在火边答道，“亚当斯先生，来杯咖啡怎么样？”

他递给尼克一杯咖啡，又把刚才给那个昏迷不醒的人铺在脑袋下的衣服捋捋平。

“一则，他挨打的次数太多啦。不过挨打只是使他变得头脑有些简单罢了，”黑人呷着咖啡道，“再则，当时他妹妹是他经纪人，人家在报纸上老是登载什么哥哥啊、妹妹啊这一套，还有她多爱她哥哥、他多爱他妹妹啊什么的，后来他们就在纽约结了婚，这下子就惹出不少麻烦来了。”

“这事我倒记得。”

“可不。其实他们哪里是什么兄妹啊，根本没影的事，可是就有不少人横竖都看不顺眼，他们纷纷嘀嘀咕咕的，有一天，她就此出走，一去不回了。”

他喝了咖啡，用淡红色的掌心抹抹嘴。

“他就这样发疯了。亚当斯先生，你要不要再来点咖啡？”

“不了，谢谢。”

“我见过她几回，”黑人接着说道，“她是个很好看的女人。看上去简直跟他像双胞胎。要不是他的脸给揍扁了，他也不难看。”

他不说了。看来故事讲完了。

“你在哪儿认识他的？”尼克问道。

“我在牢里认识他的。打她出走以后，他老是揍人，人家就把他关进牢里。我因为砍伤一个人也坐了牢。”黑人说道。

他笑了笑，低声说下去：

“我一见他就喜欢上了，我出了牢，就去看望他。他偏要拿我当疯子，我不在乎。我愿意陪着他，我喜欢见见世面，我再也用不着去偷了。我希望过个体面人的生活。”

“那你们都干些什么来着？”尼克问道。

“噢，什么也不干。就是到处流浪。他可有钱啦。”

“他准保挣了不少钱吧。”

“可不。不过，他的钱全花光了，要不就是全给人夺走了。她给他寄钱呢。”

他拨旺火堆。

“她这个女人真是好极了。”他说，“看上去简直跟他像双胞胎。”

黑人对这个躺着直喘大气的小个儿细细看着。他一头金发披散在脑门上。那张被打得变相的脸看上去像孩子那样恬静。

“亚当斯先生，我随时都可以马上叫醒他。不在意的话请你还是趁早走吧。倒不是我不想好好招待你，实在是怕他见到你又惊动了。我又不愿意敲他脑袋，可是碰到他犯病，也只好这么办。我只有尽量别让他见人。亚当斯先生，你不介意吧？得了，别谢我，亚当斯先生。我早就该叫你对他留神了，不过他看上去还喜欢你，我心想这下可太平了呢。你沿着路轨走两英里就看到城了。人家都管它叫曼斯洛纳。再见吧。我真想留你过夜，可是实在办不到。你要不要带着点火腿面包？不要？你最好带一份三明治吧。”黑人这一番话说得彬彬有礼，声音低沉、柔和。

“好。那么再见吧，亚当斯先生。再见，一路顺风！”

尼克离开火堆走了，穿过空地走到铁道路轨上去。一走出火堆范围，他就竖起耳朵听着。只听得黑人低沉柔和的嗓门在说话，就是听不出说些什么。后来又听得小个儿说：“柏格斯，我脑袋好痛啊。”

“弗朗西斯先生，回头就会好的。你只消喝上这么一杯热咖啡就好了。”黑人的声音在劝慰道。

尼克爬上路堤，走上路轨。没想到手里还拿着一份三明治，就放进了口袋。趁着路轨没拐进山间，他站在逐渐高起的斜坡上回头望着，还看得见空地上那片火光。

（刘文澜　译）

佩多齐替旅馆花园铲土，挣了四个里拉，他用来喝个烂醉。他看见那位年轻先生从小径走过来，神秘地跟他说话。这位年轻先生说自己还没吃过饭，不过准备一吃好午饭马上就走。四十分钟，至多一个小时。

在桥边的酒店里，人家又赊卖三瓶白兰地给他，因为他信心十足，对午后的差使又十分诡秘。那天风大，太阳从云层后面露出来，一会儿又隐没了，下起麻花小雨来了。真是钓鳟鱼的好日子。

这位年轻先生走出旅馆，问他钓竿的事。要不要他太太带着钓竿跟来？“好啊，”佩多齐说，“让她跟咱们去吧。”年轻先生回到旅馆里去，跟他妻子说了。他和佩多齐沿路走去。他肩上背着一只背包。佩多齐看见他妻子同他一样年轻，穿着登山靴，戴着蓝色贝雷帽，出了门跟他们一路走来，还带着钓竿，拆开来，一手拿一截。佩多齐不喜欢她落在后面。“小姐①，”他对年轻先生眨眨眼叫道，“上这儿来，跟我们一起走吧，太太②，上这儿来。咱们一块儿走吧。”佩多齐要他们三个一起沿着科蒂那的街走。

①② 原文为意大利语。

那位太太落在后面，老大不高兴地跟着。“小姐[①]，”佩多齐温柔地叫道，“上这儿来跟我们一起吧。”年轻先生回头看看，大声说了句什么。太太才不再拉在后面，走了上来。

他们走过城里的大街，佩多齐一路上碰到谁都别有用心地打招呼。“你好，阿图罗[②]！”一边触触帽檐。那个银行职员在法西斯咖啡馆的门口瞪着他。人们三五成群，站在店铺门前瞪着他们三个。他们走过新旅馆工地时，那些外套上沾满石粉，正忙着打地基的工人都抬眼看看。没人跟他们说话，也没人跟他们打招呼，只有城里的叫化子，又瘦又老，胡子拉碴，在他们路过时向他们脱帽行礼。

佩多齐站在一家铺子前，铺子橱窗里摆满瓶酒，他从旧军服里面一个口袋里掏出空酒瓶。“来点喝的，给太太买点马沙拉[③]，来点，来点喝的。”他用酒瓶做着手势。好一个钓鱼天。“马沙拉，你喜欢马沙拉吗，太太[④]？来点儿马沙拉？”

那位太太绷着脸站着。“你只好凑他的兴了，”她说，“他说的话我一句都不懂。他喝醉了吧？”

年轻先生看来不在听佩多齐说话。他在想，佩多齐到底怎么会说起马沙拉的？那种酒是马克斯·比尔博姆[⑤]喝的啊。

“钱[⑥]，”佩多齐一把揪住年轻先生的衣袖，临了说，“里拉。”他笑了，虽然嘴里不愿强调钱字，但是有必要让这位年轻先生掏出钱来。

年轻先生拿出钱包，给了他一张十里拉的钞票。佩多齐踏上台阶，走到这家国内外名酒专卖店的门口。店门上着锁。

---

①②④ 原文为意大利语。

③ 马沙拉：意大利西西里岛产的白葡萄酒。

⑤ 马克斯·比尔博姆（1872—1956），英国散文家、剧评家、漫画家，曾侨居意大利二十年左右。

⑥ 原文是德语。

“这家店要到两点钟才开门呢。”有个过路人嘲笑说。佩多齐走下台阶。他感到伤心。没关系，他说，咱们可以到康科迪亚去买。

他们三个并肩一路走到康科迪亚去。康科迪亚的门廊上堆着生锈的大雪橇，年轻先生在店门口说，“你要什么？①”佩多齐把那张折成几叠的十里拉钞票交给他。“没什么，”他说，“什么都行。”他不好意思了。“马沙拉也好。我不知道。马沙拉？”

这对年轻夫妇进了康科迪亚店门，门就关上了。“三杯马沙拉。”年轻先生对小吃柜台后面的姑娘说。“你是说要两杯吧？”她问。“不，”他说，“一杯给个老头②。”“哦，”她说，“一个老头。”说着大笑，顺手放下酒瓶。她把三份泥浆似的饮料倒进三个玻璃杯里。那位太太坐在挂报绳下面一张桌子边。年轻先生把一杯马沙拉端到她面前。“你最好把这喝了吧，”他说，“不定喝了会好受些。”她坐着，瞧着杯子。这位年轻先生走到门外，拿了一杯想给佩多齐，可是看不见他人影。

“不知他上哪儿去了。”他拿着那杯酒，回进小吃室里说。

“他要一夸特酒。”太太说。

“一夸特要多少钱？”年轻先生问那姑娘。

“白的吗？一里拉。”

“不，马沙拉。把这两杯也倒进去。”他说，一边把自己这杯和倒给佩多齐那杯都交给她。她用个漏斗量满一夸特酒。“弄个瓶子带着走。”年轻先生说。

她去找个瓶子。她真觉得好笑极了。

“真抱歉，让你心里这么不好受，小不点儿，”他说，“真抱歉，刚才吃饭时我那样说话。同样的事，咱们俩看问题的角度就是不同。”

---

① 原文为德语。

② 原文为意大利语。

“没什么关系，”她说，“一点关系也没有。”

“你太冷了吧？”他问，“你能再穿上件毛衣就好了。”

“我穿上三件毛衣了。”

那姑娘拿了个细长的棕色酒瓶进来，把马沙拉倒了进去。年轻先生又付了五里拉。他们出了门。那姑娘觉得好笑。佩多齐正在背风那头走来走去，手里拿着钓竿。

“快走，”他说，“我来拿钓竿。人家看见钓竿有什么关系？没什么人会找咱们麻烦的。科蒂那[①]没人会找我麻烦。我认识村政府里的人。我当过兵。这城里的人个个都喜欢我。我卖青蛙。要是禁止钓鱼怎么办？没什么事。没事。没麻烦。说真的，大鳟鱼。好多好多呢。”

他们下山朝河那边走去。城市落在他们后面了。太阳隐没了，又下起小雨了。“瞧，”他们路过一所房子，佩多齐指指门口一个姑娘说，“我的女儿。”

“他的医生[②]，”那位太太说，“他有必要指给咱们看他的医生吗？”

“他说是他的女儿。”年轻先生说。

佩多齐手一指，那姑娘就进屋了。

他们下了山，走过田野，然后拐弯沿着沙滩走。佩多齐拼命挤眉弄眼，自作聪明地叽叽呱呱说着话。他们三个并肩走路时，那位太太屏住气，迎风走着。他有一回还用手拐儿捅捅她肋骨。他有时候用丹比佐方言说话，有时候用蒂罗尔[③]人的德国方言说话。他拿不准这对年轻夫妇最听得懂哪种话，所以他两种话都说。不过听到那位先生连

---

① 科蒂那-丹比佐是意大利东北部小城，为国际冬季运动胜地，居民讲丹比佐方言。

② 在英语中女儿 daughter 和医生 doctor 发音相似。

③ 蒂罗尔是奥地利西南部地区，在意大利北部，大部分为阿尔卑斯山地。

声说是[1]，佩多齐就决定完全说蒂罗尔话了。那位年轻先生和太太什么都听不懂。

“城里人个个都看见咱们拿着钓竿走过。咱们现在大概给禁捕警察盯上了。咱们别惹上这麻烦就好了。这个混账的老糊涂也喝得烂醉。”

“你当然没胆量干脆就此回去的，”那位太太说，“你当然只好干下去啦。”

“你干吗不回去啊？回去啊，小不点儿。”

“我要跟你在一起。要是你坐牢，倒不如两个人一起坐呢。”

他们陡然朝下折向河滩，佩多齐站着，他的上衣迎风飘动，他对着河指手画脚。河水混浊泛黄。右边有个垃圾堆。

“用意大利话跟我说。”年轻先生说。

“半小时。至少半小时[2]。”

“他说至少还要走半个小时。回去吧，小不点儿。不管怎么说，在这风口里，你会受凉的。今天天气坏，反正咱们也找不到什么乐趣。”

“那好吧。”她说着就爬上草滩了。

佩多齐在山下河畔，但等她翻过山脊，走得几乎看不见人影，他才注意到她不在了。“太太[3]！”他大声叫道，“太太！小姐[4]！你别走。”

她继续翻过山脊。

“她走了！”佩多齐说。他吃了一惊。

他解下扣住几截钓鱼竿的橡皮圈，动手把钓竿连接起来。

---

①③④ 原文是德语。

② 原文是意大利语。

"你不是说还要走半小时吗?"

"哦,是啊。再走半小时固然好。这儿也好。"

"真的?"

"当然。这儿好,那儿也好。"

这位年轻先生在河滩上坐下,连接起一支钓竿,安上了卷轴,把钓丝穿过导线。他感到不自在,生怕鱼场看守或民防团随时会从城里跑到河滩来。他看得见城里的房屋和矗立在山丘边上的钟楼。他打开蚊钩轴箱。佩多齐弯着腰,把扁平粗硬的拇指和食指抠进去,再把弄湿的蚊钩绕住。

"你有铅子儿吗?"

"没有。"

"你一定要有一些铅子儿。"佩多齐激动了,"你一定要有铅子儿[①]。铅子儿。一点铅子儿。就放在这儿。就放在钓钩上,不然你的鱼饵就会浮到水面上来了。你一定要有这个。只要一点铅子儿。"

"那你带来了吗?"

"没。"他绝望地仔细翻看了一下口袋,把里面的军装口袋夹里的布屑也找了个遍。"我一点儿也没有。咱们一定要有铅子儿。"

"那咱们钓不成鱼了,"这位年轻先生说,一边拆开钓竿,把钓丝从导线里抽回,"咱们弄点铅子儿,明天再钓吧。"

"不过,听我说,亲爱的[②],你一定要有铅子儿。钓丝才会平浮在水面上。"佩多齐的好机会眼看成为泡影了。"你一定要有铅子儿。一点儿就够了。你钓鱼的家伙倒是崭新的,就是没有铅子儿。我原来倒可以带点儿来的。你还说你样样都有呢。"

这位年轻先生瞧着给融雪染污的河水。"我知道,"他说,"咱们

---

①② 原文为意大利语。

明天搞点儿铅子儿再钓吧。”

“告诉我，明天早上什么时候？”

“七点。”

太阳出来了。天气暖和晴朗。年轻先生感到松了口气。他不再违法了。他坐在河滩上，从口袋里掏出那瓶马沙拉，递给佩多齐。佩多齐又递回来。年轻先生喝了几口，又递给佩多齐。佩多齐再次递回来。“喝吧，”他说，“喝吧。这是你的马沙拉。”年轻先生喝了几口又把瓶交给他。佩多齐一直目不转睛地看着他喝。他急匆匆拿过酒瓶就倒转瓶口，喝酒时脖颈儿褶皱上的白发随风飘拂，两眼直盯着那个细长的酒瓶的底。他全喝了。喝酒时，太阳照着。天气真好。说到头来，今天真是个好天。好极了。

“听着，亲爱的[1]！早上七点。”他叫这位年轻先生亲爱的有好几回了，一点事儿都没有。马沙拉真是好酒。他眼睛闪闪发亮。这样的好日子往后多着呢。从明天早上七点就开始。

他们动身上山朝城里走了。年轻先生径自走在头里。他走到半山腰了。佩多齐向他大声喊道。

“听我说，亲爱的，你能帮个忙，给我五里拉吗？”

“今天用吗？”年轻先生皱皱眉问。

“不，不是今天。今天给我明天用。我要备齐东西明天用，硬面包、萨拉米香肠、奶酪，供咱们大家吃的好东西。你啊，我啊，还有你太太。钓鱼用的鱼饵，用鲦鱼，不光用蚯蚓了。也许我还可以买些马沙拉。全部费用五里拉。帮个忙，给五里拉。”

这位年轻先生仔细看看钱包，掏出一张两里拉和两张一里拉的钞票。

---

① 原文为意大利语。

“谢谢你，亲爱的。谢谢你。”佩多齐说，那口气活像卡尔顿俱乐部[1]一个会员正从另一个会员手里接过一份《晨邮报》时所用的。这才是生活呐。他不想干旅馆花园的活儿了，再也不愿拿着粪耙把冰冻的粪肥堆耙碎了。生活才开个头呢。

“那就到七点钟吧，亲爱的！”他拍拍这位年轻先生的背说，“七点正。”

“我也许不去了。”年轻先生把钱包放回口袋里说。

“什么，”佩多齐说，“我会弄到鲦鱼的，先生。萨拉米香肠，样样都全。你啊，我啊，还有你太太。就咱们三个。”

“我也许不去了，”年轻先生说，“十之八九不去了。我会托旅馆老板留话的。”

（刘文澜　译）

---

① 伦敦西区老俱乐部之一，休息室中有舒适的扶手椅，会员们静坐读报，处在高雅的气氛中。

越野滑雪

缆车又颠了一下，停了。没法朝前开了，大雪给风刮得严严实实地积在车道上。冲刷高山裸露表层的狂风把面上的雪刮成一层坚硬的雪壳。尼克正在行李车厢里给滑雪板上蜡，他把靴子塞进滑雪板上的铁夹里，牢牢扣上夹子。他从车厢边缘跳下，落脚在硬邦邦的雪壳上，来一个弹跳旋转，蹲下身子，把滑雪杖拖在背后，一溜烟滑下山坡。

乔治在下面的雪坡上时起时落，再一落就不见人影了。尼克顺着陡起陡伏的山坡滑下去时，这股冲势加上猛然下滑的劲儿把他弄得浑然忘却一切，只觉得身子有一股飞翔、下坠的奇妙感。他挺起身，稍稍来个上滑姿势，一下子他又往下滑，往下滑，冲下最后一个陡峭的长坡，越滑越快，越滑越快，雪坡似乎在他脚下消失了。他一边蹲下身子，几乎坐到滑雪板上，一边尽量把重心放低，只见飞雪犹如沙暴，他知道速度太快了。但他稳住了。他决不失手摔倒。随即一搭被大风刮进坑里的软雪把他绊倒了，滑雪板一阵磕磕绊绊，他接连翻了几个筋斗，觉得活像只挨了枪子的兔子，然后停住，两腿交叉，滑雪板朝天翘起，鼻子和耳朵里都是雪。

乔治站在坡下稍远的地方，正噼噼啪啪

地掸去风衣上的雪。

“你的姿势真美妙，尼克，”他对尼克大声叫道，“那堆烂糟糟的雪真该死。把我也这样绊了一跤。”

“在峡谷滑雪不知什么味儿？”尼克仰天躺着，踢蹬着滑雪板，挣扎站起来。

“你得靠左滑。因为谷底有堵栅栏，所以飞速冲下去得来个大旋身①。”

“等一会儿我们一起去滑。”

“不，你赶快先去吧。我想看你滑下峡谷。”

尼克·亚当斯赶过了乔治，宽阔的背部和金黄的头发上还隐隐有点雪，他的滑雪板开始先侧滑，再一下子猛冲下去，把晶莹的雪糁儿擦得嘶嘶响，随着他在起伏不定的峡谷里时上时下，看起来像浮上来又沉下去。他坚持靠左滑，末了，在冲向栅栏时，紧紧并拢双膝，像拧紧螺旋似的旋转身子，把滑雪板向右来个急转弯，扬起滚滚白雪，然后才慢慢减速，跟山坡和铁丝栅栏平行滑驶。

他抬头看看山上。乔治正屈膝，用特勒马克②姿势滑下山来；一条腿在前面弯着，另一条腿在后面拖着；滑雪杖像虫子的细腿那样荡着，杖尖触到地面，掀起阵阵白雪，最后，他一腿下跪，一腿拖随的身子就来个漂亮的右转弯，蹲着滑行，双腿一前一后，飞快移动，身子探出，防止旋转，两支滑雪杖像两个光点，把弧线衬托得更突出，一切都笼罩在漫天飞舞的白雪中。

“我就怕大旋身，”乔治说，“雪太深了。你做的姿势真美妙。”

---

① 滑雪时大旋身用以掉转下坡方向，在高速滑行时通常靠改变身体前倾重量，滑雪板平行转弯刹住。

② 下滑时把一条滑雪板稍稍超前另一条的一种姿式，以其起源于挪威西南部特勒马克郡而得名。

“我的一条腿也做不来特勒马克。”尼克说。

尼克用滑雪板把铁丝栅栏最高一股铁丝压下，乔治纵身越过去。尼克跟他来到大路上。他们沿路屈膝滑行，冲进一片松林。路面结着光亮的冰层，给拖运木料的骡马队弄脏了，染得一搭橙红、一搭烟黄的。两个人一直沿着路边那片雪地滑行。大路陡然往下倾斜通往小河，然后又笔直上坡。他们在林子里看得见一座饱经风吹雨打、屋檐低矮的长形的房子。从林子里看，这房子显得泛黄。走近一看，窗框漆成绿色。油漆在剥落。尼克用一支滑雪杖把滑雪板的夹靴夹敲松，踢掉滑雪板。

“咱们还是把滑雪板带上去的好。”他说。

他扛起滑雪板，爬上陡峭的山路，边爬边把靴跟的铁钉扎进冰封的立脚点。他听见乔治紧跟在后，一边喘息，一边把靴跟扎进冰雪。他们把滑雪板竖靠在客栈的墙上，相互拍掉彼此裤子上的雪，把靴子蹬蹬干净才走进去。

客栈里黑咕隆咚的。有只大瓷炉在屋角亮着火光。天花板很低。屋子两边那些酒渍斑斑的暗黑色桌子后面都摆着光溜溜的长椅。两个瑞士人坐在炉边，一边抽着烟斗，一边喝着小杯混浊的新酒。尼克和乔治脱去茄克衫，在炉子另一边靠墙坐下。有个人在隔壁房里停止了歌唱，一个围着蓝围裙的姑娘走出门来看看他们想要什么喝的。

“来瓶西昂①酒，”尼克说，“行不行，吉奇②？”

“行啊，”乔治说，“你对酒比我内行。我什么酒都爱喝。”

姑娘走出去了。

“没一项玩意儿真正比得上滑雪，对吧？”尼克说，“你滑了老长

---

① 西昂是瑞士西南部城市，为瓦莱州首府，盛产名酒。

② 吉奇是乔治的爱称。

一段路，头一回歇下来的时候就会有这么个感觉。”

“嘿，”乔治说，“真是妙不可言。”

姑娘拿酒进来，他们一时拔不出瓶塞。最后还是尼克打开了。那姑娘出去了，他们听见她在隔壁房里唱德语歌。

“酒里那些瓶塞渣子没关系。”尼克说。

“不知她有没有糕点。”

“我们问问看。”

那姑娘进屋，尼克注意到她围裙鼓鼓地遮着大肚子。她最初进来时我怎么没看见，他想。

“你唱的什么歌？”他问她。

“歌剧，德国歌剧。”她不愿谈论这话题，“你们要吃的话，我们有苹果馅卷饼。”

“她不太客气啊，是不？”乔治说。

“啊，算了。她不认识我们，没准儿当我们要拿她唱歌开玩笑呢。她大概是从讲德语的地区来的，待在这里脾气躁，后来没结婚肚子里就有了孩子，所以脾气躁，碰不得。”

“你怎么知道她没结婚？”

“没戴戒指啊。见鬼，这一带的姑娘都是弄大了肚子才结婚的。”

门开了，一帮子从大路那头来的伐木工人走进来，在屋里把靴子上的雪跺掉，身上直冒水汽。女招待给这帮人送来了三公升新酒，他们分坐两桌，光抽烟，不作声，脱下了帽子，有的背靠着墙，有的趴在桌上。屋外，拉运木雪橇的马偶尔一仰脖子，铃铛就清脆地叮当作响。

乔治和尼克都高高兴兴。他们两人很合得来。他们知道回去还有一段路程可滑呢。

“你几时得回学校去？”尼克问。

“今晚，”乔治答，“我得赶十点四十分从蒙特勒[1]开出的车。”

“我真希望你能留下过夜，我们明天上百合花峰去滑雪。”

“我得上学啊，”乔治说，“哎呀，尼克，难道你不希望我们能就这么在一起闲逛吗？带上滑雪板，乘上火车，到一个地方滑个痛快，滑好上路，找客栈投宿，再一直穿过奥伯兰山脉[2]，直奔瓦莱，穿过恩加丁谷地[3]，随身背包里只带修理工具、替换毛衣和睡衣，甭管学校啊什么的。”

“对，就这样穿过黑森林区。哎呀，都是好地方啊。”

“就是你今年夏天钓鱼的地方吧？”

“是啊。”

他们吃着苹果馅卷饼，喝光了剩酒。

乔治仰身靠着墙，闭上了眼。

“喝了酒我总是这样感觉。”他说。

“感觉不好？”尼克问。

“不。感觉好，只是怪。”

“我明白。”尼克说。

“当然。”乔治说。

“我们再来一瓶好吗？”尼克问。

“我不喝了。”乔治说。

他们坐在那儿，尼克双肘撑在桌上，乔治往墙上颓然一靠。

“海伦快生孩子了吧？”乔治说，身子离开墙凑到桌上。

“是啊。”

“几时？”

---

① 蒙特勒是瑞士日内瓦湖东北岸的疗养胜地。

② 奥伯兰山脉位于日内瓦湖东南。

③ 恩加丁谷地在瑞士东端，从西南向东北延伸，分上恩加丁谷和下恩加丁谷两部分。

“明年夏末。”

“你高兴吗？”

“是啊。眼前。”

“你打算回美国去吗？”

“看来要回去吧。”

“你想要回去吗？”

“不。”

“海伦呢？”

“不。”

乔治默默坐着。他望着那些空酒瓶和空酒杯。

“真要命不是？”他说。

“不。还说不上。”尼克说。

“为什么？”

“我不知道。”尼克说。

“你们今后在美国还会一块儿滑雪吗？”乔治说。

“我不知道。”尼克说。

“那些山不怎么样。”乔治说。

“对，”尼克说，“岩石太多。树木也太多，而且都太远。”

“是啊，”乔治说，“加利福尼亚就是这样。”

“是啊，”尼克说，“我到过的地方处处都这样。”

“是啊，”乔治说，“都是这样。”

瑞士人站起身，付了账，走出去了。

“我们是瑞士人就好了。”乔治说。

“他们都有大脖子的毛病。”尼克说。

“我不信。”乔治说。

“我也不信。”尼克说。

两人哈哈大笑。

“也许我们再也没机会滑雪了，尼克。”乔治说。

“我们一定得滑，”尼克说，“要是不能滑就没意思了。”

“我们要去滑，没错。”乔治说。

“我们一定得滑。”尼克附和说。

“希望我们能就此说定了。”乔治说。

尼克站起身，他把风衣扣紧。他朝乔治弯下身子，拿起靠墙放着的两支滑雪杖。他把一支滑雪杖戳在地板上。

“说定了可一点也靠不住。”他说。

他们开了门，出去了。天气很冷。雪结得硬邦邦的。大路一直爬上山坡通到松林里。

他们把刚才搁在客栈墙跟前的滑雪板拿起来。尼克戴上手套。乔治已经扛着滑雪板上路了。这下子他们可要一起跑回家了。

（陈良廷　译）

祖国对你说什么？*

山路路面坚硬平坦，清早时刻还没尘土飞扬。下面是长着橡树和栗树的丘陵，山下远方是大海。另一边是雪山。

我们从山路开过林区下山。路边堆着一袋袋木炭，我们在树丛间看见烧炭人的小屋。这天是星期天，路面蜿蜒起伏，山路地势高，路面不断往下倾斜，穿过一个个灌木林带，穿过一个个村庄。

一个个村子外面都有一片片葡萄地。遍地棕色，葡萄藤又粗又密。房屋都是白的，街上的男人穿着盛装，在玩滚木球。有些屋墙边种着梨树，枝丫分叉，挨着粉墙。梨树喷洒过杀虫药，屋墙给喷雾沾上一层金属粉的青绿色。村子周围都有一小块一小块的开垦地，种着葡萄，还有树木。

离斯培西亚①二十公里的山上一个村子里，广场上有一群人，一个年轻人提着一只手提箱，走到汽车前，要求我们带他到斯培西亚去。

“车上只有两个座位，都坐满了。”我说。我们这辆车是老式福特小轿车。

---

* 原文为意大利语。

① 斯培西亚是意大利西北部港市，海军基地。

“我就搭在门外好了[1]。”

“你会不舒服的。”

“没关系。我必须到斯培西亚去。”

“咱们要带上他吗？”我问盖伊。

“看来他走定了。”盖伊说。那年轻人把一件行李递进车窗里。

“照应一下。”他说。两个人把他的手提箱捆在车后我们的手提箱上面。他跟大伙儿一一握手，说对一个法西斯党员、一个像他这样经常出门的人来说不会不舒服的，说着就爬上车子左侧的踏脚板，右臂伸进敞开的车窗，钩住车身。

“你可以开了。”他说。人群向他招手。他空着的手也向大家招招。

“他说什么？”盖伊问我。

“说咱们可以开了。”

“他倒真好啊！”盖伊说。

这条路顺河而去。河对面是高山。太阳把草上的霜都晒干了。天气晴朗而寒冷，凉风吹进敞开的挡风玻璃。

“你看他在车外味道怎么样？”盖伊抬眼看着路面。他那边的视线给我们这位乘客挡住了。这年轻人活像船头雕饰似的露出车侧。他竖起了衣领，压低了帽檐，看上去鼻子在风中受冻了。

“也许他快受不了啦，”盖伊说，“那边正好是个不中用的轮胎。”

“啊，要是我们轮胎放炮他就会离开咱们的，”我说，“他不愿弄脏行装。”

“那好，我不管他，”盖伊说，“只是怕碰到车子拐弯他那样探出身子。”

---

① 老式汽车车门外有踏脚板可以站立。

树林过了；路同河分道，上坡了；引擎的水箱开锅了；年轻人看看蒸汽和锈水，神色恼怒疑虑；盖伊两脚踩着高速挡的加速器踏板，弄得引擎嘎嘎响，上啊上啊，来来回回折腾，上去了，终于稳住了。嘎嘎声也停了，刚安静下来，水箱里又咕嘟咕嘟冒泡了。我们就在斯培西亚和大海上方最后一段路的高处。下坡路都是急转弯，几乎没有大转弯。每回拐弯，我们这位乘客身子就吊在车外，差点把头重脚轻的车子拽得翻车。

“你没法叫他别这样，”我跟盖伊说，“这是自卫本能意识。”

“十足的意大利意识。”

“十十足足的意大利意识。”

我们绕着弯下山，开过积得厚厚的尘土，橄榄树上也积着尘土。斯培西亚就在山下，沿海扩展开去。城外道路变得平坦了。我们这位乘客把头伸进车窗。

“我要停车。”

“停车。”我跟盖伊说。

我们在路边慢慢减速。年轻人下了车，走到车后，解开手提箱。

“我在这儿下车，你们就不会因载客惹上麻烦了，”他说，“我的包。”

我把包递给他。他伸手去掏兜儿。

“我该给你们多少？”

“一个子儿也不要。”

“干吗不要？”

“我不知道。”我说。

“那谢谢了。”年轻人说，从前在意大利，碰到人家递给你一份时刻表，或是向你指路，一般都说“谢谢你”，或“多谢你了”，或“万分感谢你”，他却不这样说。他只是泛泛道“谢”，盖伊发动车子时，他还多疑地盯着我们。我对他挥挥手。他架子太大，不屑答理。我们就继续开到斯培西亚去了。

“这个年轻人在意大利要走的路可长着呢。”我跟盖伊说。

“得了吧，”盖伊说，“他跟咱们走了二十公里啦。”

斯培西亚就餐记

我们开进斯培西亚找个地方吃饭。街道宽阔，房屋轩敞，都是黄的。我们顺着电车轨道开进市中心。屋墙上都刷着墨索里尼瞪着眼珠的画像，还有手写的*万岁*[1]这字，两个黑漆的V字墨迹沿墙一路往下滴。小路通往海港。天气晴朗，人们全出来过星期日。铺石路面洒过水，尘土地面上一片片湿迹。我们紧靠着街沿开车，避开电车。

“咱们到那儿简单吃一顿吧。”盖伊说。

我们在两家饭店的招牌对面停车。我们站在街对面，我正在买报。两家饭店并排挨着。有一家店门口站着个女人冲我们笑着，我们就过了马路进去。

里面黑沉沉的，店堂后面一张桌旁坐着三个姑娘和一个老太婆。我们对面一张桌旁坐着一个水手。他坐在那儿不吃不喝。再往后一张桌子有个穿套蓝衣服的青年在写字。他的头发晶光油亮，衣冠楚楚，仪表堂堂。

亮光照进门口，照进橱窗，那儿有个玻璃柜，里面陈列着蔬菜、水果、牛排和猪排。一个姑娘上来请我们点菜，另一个姑娘就站在门口。我们注意到她的家常便服里什么也不穿。我们看菜单时请我们点菜的那姑娘就伸出胳臂搂住盖伊的脖子。店里一共有三个姑娘，大家

---

① 原文为意大利语。

轮流去站在门口。店堂后面桌旁那个老太婆跟她们说话，她们才重新坐下陪着她。

店堂里面只有通到厨房里的一道门。门口挂着门帘。请我们点菜的那姑娘端了通心面从厨房里进来。她把通心面放在桌上，还带来一瓶红酒，然后在桌边坐下。

“得，”我跟盖伊说，“你要找个地方简单吃一顿。”

“这事不简单了。复杂了。”

“你们说什么？”那姑娘问，“你们是德国人吗？”

“南德人，”我说，“南德人是和善可亲的人。”

“不明白。”她说。

“这地方究竟怎么搞的？”盖伊问，“我非得让她胳臂搂住我脖子不可吗？”

“那可不，”我说，“墨索里尼不是取缔妓院了吗？这是家饭店。”

那姑娘穿件连衣裙。她探过身去靠着桌子，双手抱胸，面带笑容。她半边脸的笑容好看，半边脸的笑容不好看，她就把半边好看的笑容冲着我们。不知怎的，正如温热的蜡会变得柔润一样，她半边鼻子也变得柔润了，那半边好看的笑容也就魅力倍增。话虽这么说，她的鼻子看上去并不像温热的蜡，而是非常冷峻、坚定，只是略见柔润而已。“你喜欢我吗？”她问盖伊。

“他很喜欢你，”我说，“可是他说不来意大利话。”

“我会说德国话[①]。”她说，一边捋捋盖伊的头发。

“用你的本国话跟这女人说说吧，盖伊。”

“你们从哪儿来？”女人问。

“波茨坦。”

---

① 原文为德语。

“你们现在要在这里待一会儿吗？”

“在斯培西亚这块宝地吗？”我问。

“跟她说咱们一定得走，”盖伊说，“跟她说咱们病重，身边又没钱。”

“我朋友生性厌恶女人，”我说，“是个厌恶女人的老派德国人。”

“跟他说我爱他。”

我跟他说了。

“闭上你的嘴，咱们离开这儿好不好？”盖伊说。这女人另一条胳臂也搂住他脖子了。“跟他说他是我的。”她说。我跟他说了。

“你让咱们离开这儿好不好？”

“你们吵架了，”女人说，“你们并不互爱。”

“我们是德国人，”我自傲地说，“老派的南德人。”

“跟他说他是个俊小子。”女人说。盖伊三十八岁了，对自己被当成一个法国的流动推销员倒也有几分得意。“你是个俊小子。”我说。

“谁说的？”盖伊问，“你还是她？”

“她说的。我只是你的翻译罢了。你要我陪你出门不是做你的翻译吗？”

“她说的就好了，”盖伊说，“我就没想要非得在这儿跟你也分手。”

“真没想到。斯培西亚是个好地方。”

“斯培西亚，”女人说，“你们在谈斯培西亚。”

“好地方啊。”我说。

“这是我家乡，”她说，“斯培西亚是我老家，意大利是我祖国。”

“她说意大利是她祖国。”

“跟她说看来意大利是她祖国。”盖伊说。

“你们有什么甜食？”我问。

“水果，”她说，“我们有香蕉。”

“香蕉倒不错，”盖伊说，“香蕉有皮。”

“哦，他吃香蕉。”女人说。她搂住盖伊。

“她说什么？”他把脸转开说。

“她很高兴，因为你吃香蕉。”

“跟她说我不吃香蕉。”

“先生说他不吃香蕉。”

“哦，”女人扫兴地说，“他不吃香蕉。”

“跟她说我每天早上洗个凉水澡。”盖伊说。

“先生每天早上洗个凉水澡。”

“不明白。”女人说。

我们对面那个活道具般的水手一动也不动。这地方的人谁也不去注意他。

“我们要结账了。”我说。

“啊呀，别。你们一定得留下。”

“听我说，”仪表堂堂的青年在他写字的餐桌边说，“让他们走吧。这两个人一文不值。”

女人拉住我手。“你不留下？你不叫他留下？”

“我们得走了，”我说，“我们得到比萨[1]去，办得到的话，今晚到翡冷翠[2]去。我们到夜里就可以在那里玩乐了。现在是白天。白天我们必须赶路。”

“待一小会儿也好嘛。”

“白天必须赶路。”

---

① 意大利西北部古城，以斜塔闻名于世。

② 即意大利中部城市佛罗伦萨。

“听我说，”仪表堂堂的青年说，“别跟这两个多费口舌了。老实说，他们一文不值，我有数。”

“来账单。”我说。她从老太婆那儿拿来了账单就回去，坐在桌边。另一个姑娘从厨房里出来。她径直走过店堂，站在门口。

“别跟这两个多费口舌了，”仪表堂堂的青年厌烦地说，“来吃吧。他们一文不值。”

我们付了账，站起身。那几个姑娘，老太婆和仪表堂堂的青年一起坐在桌边。活道具般的水手双手蒙住头坐着。我们吃饭时始终没人跟他说话。那姑娘把老太婆算给她的找头送给我们，又回到桌边自己的座位上去。我们在桌上留下小费就出去了。我们坐在汽车里，准备发动时，那姑娘出来，站在门口。我们开车了，我对她招招手。她没招手，只是站在那儿目送我们。

雨　后

我们开过热那亚郊区时雨下大了，尽管我们跟在电车和卡车后面开得很慢，泥浆还是溅到人行道上，所以行人看见我们开来都走进门口去。在热那亚市郊工业区竞技场码头，有一条双车道的宽阔大街，我们顺着街心开车，免得泥浆溅在下班回家的人们身上。我们左边就是地中海。大海奔腾，海浪飞溅，海风把浪花吹到车上。我们开进意大利时，路过一条原来宽阔多石而干涸的河床，现在滚滚浊水一直漫到两岸。褐色的河水搅混了海水，海浪碎成浪花时才变淡变清，黄褐色的水透着亮，被大风刮开的浪头冲过了马路。

一辆大汽车飞驶而过，溅起一片泥浆水，溅到我们的挡风玻璃和引擎的水箱上。自动挡风玻璃清洗器来回摆动，在玻璃上抹上薄薄一层。我们停了车，在塞斯特里饭店吃饭。饭店里没有暖气，我们没脱衣帽。我们透过橱窗看得见外面的汽车。车身溅满泥浆，就停在几条拖上岸不让海浪冲到的小船边。在这家饭店里，你还看得见自己呼出来的热气。

意大利通心面味道很好，酒倒有股明矾味，我们在酒里掺了水。后来跑堂的端来了牛排和炸土豆。饭店远头坐着一男一女。男的是中年人，女的还年轻，穿身黑衣服。吃饭时她一直在湿冷的空气中呼出热气。男人看着热气，摇摇头。他们光吃不说话，男人在餐桌下拉着她一只手。她长得好看，两人似乎很伤心。他们随身带了一个旅行包。

我们带着报纸，我对盖伊大声念着上海战斗的报道。饭后，他留下跟跑堂的打听一个饭店里并不存在的地方，我用一块抹布擦净了挡风玻璃、车灯和执照牌。盖伊回到车上来，我们就把车倒出去，发动引擎。跑堂的带了他走过马路，走进一幢旧屋子。屋子里的人起了疑心，跑堂的跟盖伊留下让人家看看什么东西都没偷走。

“虽然我不知道怎么回事，因为我不是个修水管的，他们就以为我偷什么东西了。”盖伊说。

我们开到城外一个海岬，海风袭击了汽车，差点把车子刮翻。

“幸亏风是从海上刮来的。”盖伊说。

“说起来，”我说，“海风就是在这一带什么地方把雪莱刮到海里淹死的。”

“那是在靠近维亚瑞吉奥[①]的地方，”盖伊说，“你还记得咱们到这地方的目的吗？”

“记得，”我说，“可是咱们没达到啊。”

“咱们今晚可没戏唱了。”

---

① 意大利北部渔业中心，沿第勒尼安海，雪莱淹死后葬于此。

“咱们能开过文蒂米格利亚[1]就好了。”

“咱们瞧着办吧。我不喜欢在这海岸上开夜车。”这时正是刚过午后不久，太阳出来了。下面，大海蓝湛湛的，挟着白帽浪滚滚流向萨沃纳[2]。后面，岬角外，褐色的河水和蓝色的海水汇合在一起。在我们前方，一艘远洋货轮正向海岸驶来。

“你还看得见热那亚吗？”盖伊问。

“啊，看得见。”

“开到下一个大海岬就遮掉看不见了。”

“咱们暂时还可以看见它好一阵子。我还看得见它外面的波托菲诺海岬[3]呢。”

我们终于看不见热那亚了。我们开出来时，我回头看看，只见大海；下面，海湾里，海滨停满了渔船；上面，山坡上，一个城镇，海岸线远处又有几个海岬。

“现在看不见了。”我对盖伊说。

“哦，现在早就看不见了。”

“可是咱们没找到出路前还不能肯定。”

有一块路标，上面有个S形弯道的图标和注意环岬弯道的字样。这条路环绕着海岬，海风刮进挡风玻璃的裂缝。海岬下面，海边有一片平地，海风把泥浆吹干了，车轮开过扬起一阵尘土。在平坦的路上，车子经过一个骑自行车的法西斯分子，他背上枪套里有一把沉甸甸的左轮手枪。他霸住路中心骑车，我们开到外档来让他。我们开过时他抬头看看我们。前面有个铁路闸口，我们朝闸口开去，闸门刚下来。

---

① 意大利西北部城市。

② 意大利西北部港市。

③ 地中海上一个渔港，意大利西北部利古里亚区的小城。

我们等开闸时，那法西斯分子骑车赶上了。火车开过了，盖伊发动引擎。

“等一等，”骑自行车那人在我们汽车后面大喝一声说，“你们的牌照脏了。”

我掏出一块抹布。吃午饭时牌照已经擦过了。

“你看得清了。”我说。

“你这么认为吗？”

“看啊。”

“我看不清。脏了。”

我用抹布擦了擦。

“怎么样？”

“二十五里拉。”

“什么？”我说，“你看得清了。只是路上这么样才弄脏的。”

“你不喜欢意大利的道路？”

“路脏。”

“五十里拉。”他朝路上啐了一口，“你车子脏，你人也脏。”

“好吧。开张收条给我，签上你名字。”

他掏出一本收据簿，一式两份，中间还打眼，一份交给罚款人，另一份填好留作存根。不过罚款单上填什么，下面可没有复写副本留底。

“给我五十里拉。”

他用擦不掉笔迹的铅笔写了字就撕下条子，把条子交给我。我看了一下。

“这是一张二十五里拉的收据。”

“搞错了。”他说着就把二十五里拉的收据换成五十里拉的。

“还有另一份。在你留底那份填上五十。”

他赔了一副甜甜的意大利笑容，在存根上写了些字，捏在手里，我看不见。

“趁你牌照没弄脏，走吧。”他说。

天黑后我们开了两个小时，当晚在蒙托内[①]住宿。那里看上去舒适可爱，干净利落。我们从文蒂米格利亚，开到比萨和佛罗伦萨，过了罗马涅[②]，开到里米尼[③]，回来开过弗利[④]、伊莫拉[⑤]、博洛尼亚[⑥]、帕尔马[⑦]、皮亚琴察[⑧]和热那亚，又开到文蒂米格利亚。整个路程只走了十天。当然，在这么短促的旅途中，我们没有机会看看当地或老百姓的情况怎么样。

（陈良廷　译）

---

① 意大利北部城市，濒临蒙托内河。
② 意大利历史地区，在意大利北部，东临亚得里亚海，现包括在艾米利亚-罗马涅区内。
③ 意大利北部城市，位于圣马力诺东北的马雷基亚河。
④ 意大利北部城市，位于亚平宁山脉东北麓，临蒙托内河。
⑤ 意大利北部城市，罗马古城。
⑥ 一译波伦亚，意大利北部城市，艾米利亚-罗马涅区首府。
⑦ 意大利北部城市，位于波河平原南侧。
⑧ 意大利北部城市，位于波河南岸。

简单的调查

屋外，雪堆高于窗户。阳光透过窗户，照在小屋松木板墙上的地图上面。太阳高高的，亮光从雪堆顶上照进屋来。沿着小屋空旷的一边挖了一条战壕，每当晴天，太阳照在墙上，热气反射在雪堆上，战壕拓得更宽了。已是三月下旬。少校坐在靠墙一张桌旁。他的副官坐在另一张桌旁。

少校双眼周围有两个白圈，那是戴了雪地眼镜，使脸上这部位才没受到雪地阳光的损伤。脸上其他部位都晒伤了，晒黑了，然后由于晒黑而晒伤了。他的鼻子也肿了，长过水疱的地方露出脱落的表皮。他处理文件的时候，一边伸出左手指头在油盏里蘸着，然后把油抹遍脸部，用指尖非常轻柔地摩着。他非常仔细地在油盏边把手指沥干，所以手指上只有薄薄一层油，他擦摩了前额和两颊，又非常细致地以指缝擦摩鼻子。擦摩完了，他就站起身，拿了油盏，走进他睡觉的小房间里去。“我要睡一会儿。”他对副官说。在那支部队里，副官不是委任的军官。“你把这办完。”

“是，少校大人[1]。”副官答道。他往椅

① 原文为意大利语。

背一靠，打个呵欠。他从衣袋里掏出一本平装本书，打开来，放在桌上，点上烟斗。他趴在桌上看书，抽着烟。接着他合上书，把书放回衣袋里。他的案头工作太多了，办也办不完。他要办完才能看书。屋外，太阳落到山背后了，屋子墙上没有亮光了。一个士兵进来，把砍得长短不一的松枝放进炉里。“轻点儿，皮宁，”副官跟他说，“少校在睡觉。”

皮宁是少校的勤务兵，是个黑脸小子，他仔细地把松柴放进炉里，弄弄好，关上门，又走到后屋去了。副官继续忙他的文件。

“托纳尼。”少校叫道。

“少校大人？”

“叫皮宁来见我。”

“皮宁！”副官叫道。皮宁进屋。“少校要找你。”副官说。

皮宁走过小屋正房，朝少校的房门走去。他在半开半掩的门上敲敲。“少校大人？”

“进来，”副官听见少校说，“关上门。”

少校在房里躺在铺上。皮宁站在铺旁。少校的脑袋枕在帆布背包上，背包里塞满替换衣服权充枕头使用。那张晒伤了、涂着油的长脸看着皮宁。两手搁在毯子上。

“你十九岁了？”他问。

“是的，少校大人。”

“你有没有恋爱过？”

“你这话是什么意思，少校大人？”

“跟个姑娘——谈恋爱？”

“我有过几个姑娘。”

“我不是问这个。我问你有没有跟个姑娘——谈过恋爱？”

“谈过，少校大人。”

“你现在还爱她？你不给她写信。你的信我全看过了。”

“我爱她的，”皮宁说，“不过我没给她写信。”

“这点你肯定吗？”

“我肯定。”

“托纳尼，”少校用同样的声调说，“你听得见我说话吗？”

隔壁房里没有答腔。

“他听不见，”少校说，“你十分肯定自己爱着一个姑娘。”

“我肯定。”

“那，”少校赶快看了他一眼，“你没变坏？”

“我不懂你说变坏是什么意思。”

“好吧，”少校说，“你用不着自以为了不起。”

皮宁看着地板。少校对着他那张晒黑的脸上上下下打量一番，又看看他双手。这才脸无笑容地接下去说：“你并非真要……”少校顿住话头。皮宁看着地板。“你最大的心愿并非真正……”皮宁看着地板。少校又把脑袋枕到背包上，笑了笑。他真正放心了：部队里的生活太复杂了。“你是个好小子，”他说，“你是个好小子，皮宁。可是别自以为了不起，小心别让人家来要你命。”

皮宁一动不动站在铺旁。

“别害怕，”少校说，他两手交叉，搁在毯子上，“我不会碰你。你愿意可以回部队里去。不过你最好留下来当我勤务兵。送命的机会小一些。”

“你还有什么吩咐，少校大人？”

“没了，”少校说，“走吧，有什么事要办就去办。出去时让门开着。”

皮宁让门开着就出去了，副官抬眼看着。他尴尬地走过正房出去。皮宁涨红着脸，跟刚才抱着柴火进屋时动作不一样。副官目送着他，笑了。皮宁又抱了些柴火进屋。少校躺在铺上，望着挂在墙壁钉子上自己那顶遮着布的钢盔和雪地眼镜，听见他在地板上走过的脚步声。这小鬼，不知他是不是对我说了谎，他心里想。

（陈良廷　译）

十个印第安人

有一年过了独立纪念日，尼克同乔·加纳一家子坐了大篷车，很晚才从镇上赶回家来，一路上碰到九个喝醉的印第安人。他记得有九个，因为乔·加纳在暮色中赶车时勒住了马，跳到路中，把一个印第安人拖出车辙。那印第安人脸朝下，趴在沙地上睡着了。乔把他拖到矮树丛里就回到车厢上。

"光从镇子边到这里，"乔说，"算起来一共碰到九个人了。"

"那些印第安人哪。"加纳太太说。

尼克跟加纳家两个小子坐在后座上。他从后座上往外看看乔拖到路边的那个印第安人。

"这人是比利·泰布肖吗？"卡尔问。

"不是。"

"看他的裤子，怪像比利的。"

"所有的印第安人都穿一模一样的裤子。"

"我根本没看见他，"弗兰克说，"我一样东西也没看见，爸已经跳到路上又回来了。我还以为他在打蛇呢。"

"我看，今晚不少印第安人都打蛇呢。"乔·加纳说。

"那些印第安人哪。"加纳太太说。

他们一路赶着车。从公路干道上拐入

上山的坡道。马拉车爬坡很费劲，小伙子们就下车步行。路面全是沙土。尼克从校舍旁的小山顶回头看看，只见皮托斯基的灯火闪闪，隔着小特拉弗斯湾，对岸斯普林斯港也是灯火闪闪。他们又爬上大篷车。

“他们应当在那段路面上铺些石子才是。”乔·加纳说。大篷车沿着林间那条路跑着。乔和太太紧靠着坐在前座。尼克坐在两个小伙子当中。那条路出了林子，进入一片空地。

“爸就是在这儿压死臭鼬的。”

“还要往前呢。”

“在哪儿都一样，”乔头也不回地说，“在这儿压死臭鼬跟在那儿压死臭鼬还不都是一码事？”

“昨晚我看见两只臭鼬。”尼克说。

“哪儿？”

“湖那边。它们正沿着湖滨寻找死鱼呢。”

“没准儿是浣熊吧。”卡尔说。

“是臭鼬。我想，我总认得出臭鼬吧。”

“你应当认得出，”卡尔说，“你有个印第安女朋友嘛。”

“别那样说话，卡尔。”加纳太太说。

“唉，闻上去都一个味呢。”

乔·加纳哈哈大笑了。

“你别笑了，乔，”加纳太太说，“我绝不准卡尔那样说话。”

“你有没有印第安女朋友啊，尼基①？”乔问。

“没有。”

“他有的，爸，”弗兰克说，“他的女朋友是普罗登斯·米切尔。”

① 尼基是尼克的爱称。

“她不是的。”

“他天天都去看她。”

“我没。”尼克坐在暗处里，夹在两个小伙子中间，听人家拿普罗登斯·米切尔打趣，心里感到大大高兴，“她不是我女朋友。”他说。

“听他说的，”卡尔说，“我天天都看见他们在一块儿。”

“卡尔找不到女朋友，”他母亲说，“连个印第安妞儿都没有。”

卡尔一声不吭。

“卡尔碰到姑娘就不行了。”弗兰克说。

“你闭嘴。”

“你这样蛮好，卡尔，”乔·加纳说，“女朋友对男人可没一点好处，瞧你爸。”

“是啊，你就会这么说，”大篷车一颠，加纳太太顺势挨紧乔，“得了，你一生有过不少女朋友啦。”

“我敢打赌，爸绝不会有印第安女朋友。”

“你可别这么想，”乔说，“你最好还是留神看着普罗迪[1]，尼克。”

他妻子同他说了句悄悄话，他哈哈大笑。

“你在笑什么啊？”弗兰克问。

“你可别说，加纳。”他妻子警告说。乔又笑了。

“尼克尽管跟普罗登斯做朋友好了，”乔·加纳说，“我就娶了个好姑娘。”

“那才像话。”加纳太太说。

马在沙地里费劲地拉着车。乔在黑暗中伸出手扬扬鞭子。

“走啊，好好拉车。明天你得拉更重的车呢。”

大篷车一路颠簸不停，跑下长坡。到了农舍，大家都下了车。加

① 普罗迪是普罗登斯的昵称。

纳太太打开门，到了屋里，手里拿着盏灯出来。卡尔和尼克把大篷车后面的货物卸下来。弗兰克坐在前座上，把车赶回牲口棚，归置好马。尼克走到台阶上，打开厨房门，加纳太太正在生炉子。她正往木柴上倒煤油，不由得回过头来。

“再见，加纳太太，”尼克说，“谢谢你们让我搭车。”

“唉，什么话，尼基。”

“我玩得很痛快。”

“我们欢迎你来。你不留下吃饭吗？”

“我还是走吧。我想爹大概在等着我呢。”

“好吧，那就请便。请你把卡尔叫来好吗？”

“好。”

“明天见，尼基。”

“明天见，加纳太太。”

尼克走出院子就直奔牲口棚。乔和弗兰克正在挤奶。

“明天见，”尼克说，“我玩得痛快极了。”

“明天见，尼克，”乔·加纳大声说，“你不留下吃饭吗？”

“对，我不能留下了。请你转告卡尔，他妈妈叫他去。”

“好，明天见。尼基。”

尼克光着脚，在牲口棚下面草地间那条小路上走着。小路溜滑，光脚沾到露水凉丝丝的。他在草地尽头那边爬过篱笆，穿过一条峡谷，脚在沼泽泥浆里泡湿了，接着他就攀越过干燥的山毛榉树林，终于看见自己小屋里的灯光。他翻过篱笆，绕到前门廊上。他从窗口看见父亲正坐在桌前大灯光下看书。尼克开门进屋。

“嘿，尼基，”父亲说，“今天玩得开心吗？”

“我玩得痛快极了，爹。今年独立纪念日真带劲。”

“你饿了吧？”

“可不。”

“你的鞋呢？”

“我把鞋落在加纳家的大篷车上了。”

“快到厨房里来。”

尼克的父亲拿着灯走在头里。他站住揭开冰箱盖。尼克径自走进厨房。他父亲端来一个盘子，里面盛了一块冻鸡，再拿来一壶牛奶，把这些都放在他桌上，再放下灯。

“还有些馅饼，”他说，“够了吗？”

“妙极了。”

他父亲在铺着油布的饭桌前一张椅子上坐下，厨房墙壁上就此映出他的巨大身影。

“球赛哪队赢了？”

“皮托斯基队。五比三。”

他父亲坐着看他吃，提着壶替他在杯里倒牛奶。尼克喝了奶，在餐巾上擦擦嘴。他父亲伸手到搁板上拿馅饼。他给尼克切了一大块。原来是越橘馅饼。

“你干了些什么来着，爹？”

“我早上去钓鱼。”

“你钓到了什么？”

“只有鲈鱼。”

他父亲坐着看尼克吃饼。

“你今天下午干了些什么？”尼克问。

“我在印第安人营地附近散散步。”

“你看见过什么人吗？”

“印第安人全在镇上喝得烂醉。”

“你一个人也没见到？”

“我看见你朋友普罗迪了。”

“她在哪儿？”

“她跟弗兰克·沃希伯恩在林子里。我撞见他们。他们在一块儿好一阵子了。”

他父亲没看着他。

“他们在干什么？”

“我没停下来细看。”

“跟我说说他们在干什么？”

“我不知道，”他父亲说，“我只听见他们在拼命扭动。”

“你怎么知道是他们？”

“我看见他们了。”

“我还以为你说没看见他们呢。”

“唉，对了，我看见他们了。”

“是谁跟她在一块儿啊？”尼克问。

“弗兰克·沃希伯恩。”

“他们可……他们可……”

“他们可什么啊？”

“他们可开心？”

“我想总开心吧。”

他父亲起身离开桌边，走出厨房纱门。他回来一看，只见尼克眼巴巴看着盘子。原来他刚才在哭呢。

“再吃些？”他父亲拿起刀来切馅饼。

“不了。”尼克说。

“你最好再吃一块。”

“不了，我一点也不要了。”

他父亲收拾了饭桌。

“他们在树林里什么地方？”尼克问。

“在营地后面。”尼克看着盘子。他父亲又说：“你最好去睡睡吧，尼克。”

“好。”

尼克进了房，脱了衣服，上了床。他听见父亲在起居室里走来走去。尼克躺在床上把脸蒙在枕头里。

“我的心都碎了，”他想，“如果我这么难受，我的心一定碎了。”

过了一会儿，他听见父亲吹灭了灯，走进自己房里。他听见外面树林间刮起一阵风，感到这阵风凉飕飕地透过纱窗吹进屋来。他把脸蒙在枕头里躺了老半天，过了一会儿就忘了去想普罗登斯，终于睡着了。半夜醒来，听到屋外铁杉树林间的风声，湖里潮水的拍岸声，他又入睡了。早上，风大了，湖水高涨，漫到湖滨，他醒来老半天才想起自己的心碎了。

（刘文澜　译）

美国太太的金丝雀

火车飞驶过一长排红石头房子，房子有个花园，四棵茂密的棕榈树，树荫下有桌子。另一边是大海。接着有一条路堑穿过红石和泥土间，大海就只是偶尔跃入眼帘了，而且远在下面，紧靠岩礁。

“我在巴勒莫[1]买下它的，我们在岸上的时间只有一个小时，那天是星期天早上。这人要求付美元，我就给了他一块半美元。它唱得可好听呢。”美国太太说。

火车上好热，卧铺车厢里好热。窗子敞开也没有风吹进来。美国太太把百叶窗拉下，就此再也看不见大海了，连偶尔也看不见了。另一边是玻璃，外面是过道，对面是一扇开着的窗，窗外是灰不溜秋的树木，一条精光溜滑的路，一片片平展展的葡萄田，后面有玄武石丘陵。

许多高高的烟囱冒着烟——火车开进马赛，减低速度，沿着一条铁轨，穿越许多条其他铁轨，进了站。火车在马赛站停靠二十五分钟，美国太太买了一份《每日邮报》、半瓶埃维矿泉水。她沿着站台走了一小段路，不过她紧挨着火车踏板那一面，因为

---

① 意大利西西里首府，位于西西里岛西北部。

在戛纳[1]，火车停靠十二分钟，没发出开车信号就开了，她好容易才及时上了车。美国太太耳朵有点背，她生怕发出了开车信号自己听不见。

火车离开了马赛站，不但调车场和工厂的烟都落在后面，回头一看，连马赛城和背靠石头丘陵的海港，以及水面上的夕阳余晖都落在后面。天快黑时，火车开过田野一所着火的农舍。沿路停着一排汽车，农舍里搬出来的被褥衣物都摊在田野上。许多人在观看火烧房子。天黑后，火车到了阿维尼翁[2]。旅客上上下下。准备回巴黎的法国人在报摊上买当天的法国报纸。站台上有黑人士兵。他们穿着棕色军装，个子高大，紧挨着电灯光下，脸庞照得亮堂堂。他们的脸很黑，个子高得没法逼视。火车离开阿维尼翁站，黑人还站在那儿。有个矮小的白人中士跟他们在一起。

卧铺车厢里，乘务员把壁间三张床铺拉下来，铺开准备让旅客睡觉。夜里，美国太太躺着，睡不着觉，因为火车是快车，开得很快，她就怕夜里的车速快。美国太太的床靠着窗。从巴勒莫买来的金丝雀，笼子上盖着块布，挂在去洗手间的过道上通风处。车厢外亮着盏蓝灯，火车通宵开得飞快，美国太太醒着，等待撞车。

早上，火车开近巴黎了，美国太太从洗手间里出来，尽管没睡，气色还是很好，一看就是个半老的美国妇女，她拿下鸟笼上的布，把笼子挂在阳光下，就回到餐车里去用早餐。她再回到卧铺车厢时，床铺已经推回壁间，弄成座位，在敞开的窗子照进来的阳光里，金丝雀在抖动羽毛，火车离巴黎更近了。

“它爱太阳，”美国太太说，“它一会儿就要唱了。”

金丝雀抖动羽毛，啄啄毛。“我一向爱鸟，”美国太太说，“我把

---

① 法国东南部港市，旅游胜地。

② 法国南部沃克吕兹省首府。

它带给我的小女儿。瞧——它在唱了。”

金丝雀吱吱喳喳唱了，竖起喉间的羽毛，接着凑下嘴又啄羽毛了。火车开过一条河，开过一片精心护养的森林。火车开过许多巴黎郊外的城镇。镇上都有电车，迎面只见墙上有贝佳妮、杜博涅和潘诺等名酒的大幅广告画。看来火车开过这一切时似乎是在早餐前。我有好几分钟没听见那个美国太太同我妻子说话了。

“你丈夫也是美国人吧？”那位太太问。

“是的，”我妻子说，“我们俩都是美国人。”

“我还以为你们是英国人呢。”

“哦，不是。”

“也许因为我用背带①的缘故。”我说。我原想开口说吊带②，后来为了保持我的英国特色，才改了口说背带。美国太太没听见。她耳朵真是背极了；她看人家嘴唇动来辨别说话的意思，我没朝她看。我望着窗外呢。她径自同我妻子说话。

“我很高兴你们是美国人。美国男人都是好丈夫，”美国太太说着，“不瞒你说，所以我们才离开大陆。我女儿在沃韦③爱上一个男人。”她停了一下。“他们疯狂地爱上了。”她又停了一下，“我当然把她带走了。”

“她断念了没有？”我妻子问。

“我看没有，”美国太太说，“她根本不吃也不睡。我想尽办法，可是她似乎对什么都不感兴趣。她对世事不闻不问。我不能把她嫁给外国人啊。”她顿了一下。“有个人，是个很好的朋友，有一回告诉我，‘外国人做不了美国姑娘的好丈夫。’”

①② 英国男子长裤上常系用背带（braces），此字在美国称为吊带（suspenders）。

③ 瑞士西部城镇，在日内瓦湖东岸，洛桑和蒙特勒之间。

“对,”我妻子说,“我看做不了。”

美国太太称赞我妻子的旅装，原来这位美国太太二十年来也是一直在圣昂诺路这家裁缝店买衣服的。店里有她的身架尺寸，有个熟悉她、知道她品位的店员替她挑选衣服，寄到美国去。衣服寄到纽约她所在住宅区附近的邮局，关税一点也不算高，因为邮局当场打开来看，式样总是很朴素，没有金边，也没有装饰品，看不出衣服是贵重服装。现在的店员名叫泰雷兹，从前一个叫阿梅莉。二十年来一共就只用过这两个。裁缝也始终是一个。可是，价钱倒上涨了。不过，外汇兑换还是相等。现在店里也有她女儿的身架尺寸了。她成人了，现在尺寸不大有变化的可能了。

火车这会儿进入巴黎了。防御工事都夷为平地了，不过野草还没长出来。铁轨上停着许多节车厢——棕色木头的餐车、棕色木头的卧铺车，要是那列车还在当晚五点钟发车的话，这些车厢就都要拉到意大利去；这些车厢上都标着巴黎——罗马，还有定时来往市区和郊区间的车皮，车顶上安着座位，座位上和车顶上都是人，过去如此，现在还是如此。火车经过粉墙和许多房屋的窗子。早餐什么都没得吃。

“美国人做丈夫最好。”美国太太跟我妻子说。我正往下拿行李包。“美国男人是世界上唯一值得嫁的人。”

“你离开沃韦有多久了?”我妻子问。

“到今年秋天就两年了。不瞒你说，我就是把金丝雀带去给她的。”

“你女儿爱上的人是瑞士人吗?”

“是的,”美国太太说,“他出身沃韦一个很好的门第。他就要当工程师了。他们在沃韦相遇。他们经常一起散步走远路。”

“我熟悉沃韦,”我妻子说,“我们在那儿度过蜜月。”

“真的吗?那一定很美。当然，她爱上他，我也没意见。”

“那是个很可爱的地方。”我妻子说。

"是啊，"美国太太说，"可不是嘛。你们住在哪儿？"

"我们住在三冠饭店。"我妻子说。

"那是家高级的老饭店。"美国太太说。

"是啊，"我妻子说，"我们租了间很讲究的房间，秋天里那地方真可爱。"

"你们秋天在那儿？"

"是的。"我妻子说。

火车开过三节出事的车皮。车皮都四分五裂了，车顶也凹了进去。

"瞧，"我说，"出过事了。"

美国太太瞧了瞧，看见了最后一节车厢。"我整夜就担心出这事，"她说，"我往往有可怕的预感。我今后夜里决不乘坐快车了。一定还有别班开得不这么快的舒服火车。"

这时火车开进里昂车站的暗处，停下了，乘务员走到窗口前。我从窗口递下行李包，我们下车来到暗沉沉的站台上，美国太太就找了科克斯旅行社①三个人员中的一个，那人说："等一下，太太，我要查一下你的姓名。"

乘务员提着一只箱子，堆在行李上，我妻子跟美国太太告了别，我也跟她告了别，科克斯旅行社的人在一叠打字纸中的一页上找到她的姓名，又把那叠纸放回口袋里了。

我们跟随提着箱子的乘务员走到火车旁的一长溜水泥站台上。站台尽头有扇门，一个人收了车票。

我们回到巴黎去办理分居手续。

（陈良廷　译）

---

① 科克斯旅行社是世界著名旅行社，全称为托马斯·科克斯旅行社。

追车比赛

威廉·坎贝尔从匹茨堡[1]那时起，就一直跟着一个杂耍班子投入追车比赛了。在追车比赛中，赛车手之间隔开相等的距离相继出发，骑着自行车比赛。他们骑得很快，因为比赛往往只限于短程，如果骑得慢，另一个保持车速的赛车手就会把出发时彼此相等的差距拉平。一个赛车手只要被人赶上超过，就得退出比赛，下车离开跑道。如果比赛中没人被赶上，距离拉得最长的就是优胜者。在大多数追车比赛中，如果只有两个赛车手的话，其中一个跑不到六英里就被追上了。杂耍班子在堪萨斯城[2]就赶上了威廉·坎贝尔。

威廉·坎贝尔原来希望在杂耍班子到达太平洋沿岸前略略领先于他们。只要他作为打头阵的人，领先到达，就付给他钱。但当杂耍班子赶上他时，他已经睡觉了。杂耍班子经理走进他房里时，他就睡在床上，经理走后，他打定主意索性赖在床上了。堪萨斯城很冷，他不忙着出去。他不喜欢堪萨斯城。

---

① 美国东北部重要工业城市，宾夕法尼亚州西部俄亥俄河的港口。

② 美国密苏里州西北部工商业城市，位于密苏里河岸，同河西堪萨斯州的萨堪斯城以及东边一些城市合并为大堪萨斯城。

他伸手到床下拿了瓶酒喝。喝了肚子好受些。杂耍班子经理特纳先生刚才不肯喝。

威廉·坎贝尔同特纳先生的会见本来就有点儿怪。特纳先生敲了门。坎贝尔说:“进来!”特纳先生进屋,看见一张椅子上放着衣服,一只敞开的手提箱,床边一张椅子上搁着一瓶酒,有个人盖着被蒙头蒙脸躺在床上。

“坎贝尔先生。”特纳先生说。

“你不能解雇我。”威廉·坎贝尔在被窝里说。被窝里暖和,一片雪白,密不通风。“你不能因为我下了车就解雇我。”

“你醉了。”特纳先生说。

“嗯,对。”威廉·坎贝尔直接贴着被单说话,嘴唇挨到被单布料子。

“你是个糊涂虫。”特纳先生说。他关掉电灯。电灯通宵都亮着。眼下是上午十点了。“你是个酒糊涂。你几时进城的?”

“我昨晚进城的,”威廉·坎贝尔贴着被单说,他发现自己喜欢隔着被单说话,“你隔着被单说过话没有?”

“别逗了。你并不逗。”

“我不是在逗。我只是隔着被单说话。”

“你是隔着被单说话,没错。”

“你可以走了,特纳先生,”坎贝尔说,“我不再为你工作了。”

“这你反正知道了。”

“我知道的事多着呢,”威廉·坎贝尔说,他拉下被单,瞧着特纳先生,“我知道的事多得很,所以根本不屑看你。你想要听听我知道的事吗?”

“不要。”

“好,”威廉·坎贝尔说,“因为我其实什么事都不知道。我只是说说罢了。”他又拉上被单蒙住脸。“我喜欢在被单下说话。”他说。特纳先生站在他床边。他是个中年人，大肚子，秃脑瓜，他有好多事情要做呢。“你应当在这里歇一阵子，比利[①]，治疗一下，”他说，“如果你想要治疗，我会去安排的。”

“我不要治疗，”威廉·坎贝尔说，“我根本不要治疗。我完全过得快快活活。我一辈子都过得快快活活的。”

“你这样有多久了？”

“什么话啊！”威廉·坎贝尔隔着被单呼吸。

“你喝醉有多久了，比利？”

“难道我没做好我的工作吗？”

“哪儿呀。我只是问你喝醉有多久了，比利。”

“我不知道。可是我的狼回来了，”他用舌头舔舔被单，“我的狼回来一星期了。”

“见你的鬼。”

“哦，是的。我的宝贝狼。我每次喝酒它都走到屋外。它受不了酒精味儿。可怜的小家伙。”他在被单上用舌头画圈儿。“它是头可爱的狼。就像一贯那样。”威廉·坎贝尔闭上眼，深深吸口气。

“你得治疗一下，比利，”特纳先生说，“你不会反对基利[②]的。效果不坏。”

“基利，”威廉·坎贝尔说，“离伦敦不远啊[③]。”他闭上眼，又睁开眼，眼睫贴着被单眨巴眨巴。“我就爱被单。”他说，他瞧着特纳先生。

---

① 比利是威廉的爱称。

② 基利在此处指基利疗法，是美国著名医生莱斯利·基利（1832—1900）在1879年起致力于研究并推广的一种专治吸毒与酒精中毒患者的疗法。

③ 威廉·坎贝尔把基利误作地名，所以说离伦敦不远。

“听着，你当我喝醉了。”

“你是喝醉了。”

“不，我没醉。”

“你喝醉了，你还得了震颤性谵妄症。”

“不，”威廉·坎贝尔把被单裹住脑袋，“宝贝被单。”他说。他轻轻贴着被单呼吸。“漂亮的被单，你爱我吧，被单？这都包括在房租里了。就跟在日本一样。不，”他说，“听着，比利，亲爱的滑头比利，我有一件意想不到的事跟你讲。我没喝醉。我乍看起来胡话连篇。”

“不。”特纳先生说。

“瞧一瞧，”威廉·坎贝尔在被单下拉起睡衣的右袖，然后伸出右前臂，“瞧这。”前臂上，从手腕到肘拐儿，在深蓝色的小孔周围都是蓝色的小圈。小圈几乎一个挨着一个。“那是新鲜玩意儿，”威廉·坎贝尔说，“我现在偶尔喝一点儿，把那狼赶出屋外。”

“他们有治疗这病的办法。”“滑头比利”特纳说。

“不，”威廉·坎贝尔说，“他们什么病的治疗办法都没有。”

“你不能就此这样罢休，比利。”特纳说。他坐在床上。

“小心我的被单。”威廉·坎贝尔说。

“你这样的年龄可不能就此罢休，因为走投无路就此老往身子里注满那玩意儿。”

“有明文禁止。你就是这个意思吧。”

“不，我意思是说你得斗到底。”

比利·坎贝尔用嘴唇和舌头亲亲被单。“宝贝被单，”他说，“我可以吻这被单，同时还能透过被单看外面。”

“别再胡扯被单了。你不能光是迷上那玩意儿，比利。”

威廉·坎贝尔闭上眼。他开始感到有点儿恶心了。他知道在用某种办法把它压下去之前，要是没有什么可以缓解的，那么这股恶心就会不断加剧。就在这个节骨眼上，他建议特纳先生喝一杯。特纳先生谢绝了。威廉·坎贝尔就从酒瓶里倒一杯喝下去。这是个临时措施。特纳先生眼巴巴看着他。特纳先生在这间屋里待的时间比原定的长多了。他有好多事要做；虽然他日常同吸毒的人打交道，可是他对毒品深恶痛绝，他很喜欢威廉·坎贝尔；他不想扔下对方。他为威廉感到难受，觉得治疗一下有好处。他知道堪萨斯城治疗条件好。可是他不得不走了。他站起身。

“听着，比利，”威廉·坎贝尔说，“我要告诉你些事儿。你叫做‘滑头比利’。因为你会滑。我只叫比利。因为我根本不会滑。我不会滑，比利。我不会滑。只是卡住了。我每试一回，总是卡住。”他闭上眼睛。“我不会滑，比利。如果你不会滑可真要命。”

“是啊。”“滑头比利”特纳说。

“什么是啊？”威廉·坎贝尔瞧着他。

“你那么说啊。”

“不，”威廉·坎贝尔说，“我没说。这一定搞错了。”

“你刚才说滑。”

“不。不会谈到滑的。不过，听着，比利，我告诉你一个秘密。别离开被单，比利。避开女人，避开马，还有，还有……”他停一下“鹰，比利。如果你爱马，就会得到马……，如果你爱鹰，就会得到鹰……”他停下了，把脑袋蒙在被单下。

“我得走了。”“滑头比利”特纳说。

“如果你爱女人，就会得到梅毒，”威廉·坎贝尔说，“如果你爱马……”

“是啊，这你说过了。”

“说过什么？”

“说马和鹰。”

“嗯，是的。如果你爱被单。”他隔着被单呼出气，鼻子在被单上摩着。“我不知道被单的事，”他说，“我只是刚开始爱上被单。”

“我得走了，”特纳先生说，“我的事多着呢。”

“那好吧，”威廉·坎贝尔说，“大家都得走。”

“我还是走的好。”

“好，你走吧。”

“你没事吧，比利？”

“我这辈子从没这么快活过。”

“你真没事吧？”

“我很好。你走吧。我要在这里躺一会儿。到中午光景我就起来。”

但等中午特纳先生来到威廉·坎贝尔屋里，威廉·坎贝尔还在睡，特纳先生这人知道人生什么事最宝贵，就没吵醒他。

（陈良廷　译）

他就这样慢悠悠儿吐出核来，吃了一个橘子。屋外，雪正转雨。屋内，电炉似乎没热气，他站起身，离开写字台，在炉边坐下。多舒服啊。毕竟，这才是生活呢。

他伸出手去再拿一个橘子。远在巴黎，马斯卡特在第二回合就把丹尼·弗罗许揍扁了。再远在美索不达米亚[①]，下了二十一英尺的雪。在地球的另一头，遥远的澳大利亚，英国的板球手力保优势。内容具有浪漫色彩。

他看到，文学艺术的资助人发掘了《论坛》。这是本指导读物，哲理性很深刻的读物，少数爱思索的人的朋友，得奖短篇小说——其作者会写出我们明天的畅销作品吗？

你将欣赏到这些温馨、朴实的美国故事，空旷的牧场、拥挤的住房或安乐的家庭里真实生活的点点滴滴，篇篇都隐含着健康的幽默情趣。

我一定要看看这些作品，他心想。

他继续看下去。我们的子孙后代——他们将会怎么样？他们将是什么样的人？一定

---

① 小亚细亚底格里斯与幼发拉底两河的中下游地区，为人类最古的文化摇篮之一，现为伊拉克国土。

要找出新方法来为我们寻求在这世界上的生存空间。这必须诉诸战争才办得到吗？用和平方式能不能办到呢？

难道我们都得移居到加拿大去吗？

我们最深刻的信念——将受到科学的扰乱吗？我们的文明——比旧制度的更低一等吗？

另一方面，在遥远的、湿淋淋的尤卡坦丛林①里，响着砍伐橡胶树的丁丁斧声。

我们需要大人物吗——还是需要他们有文化教养？请看乔伊斯②。请看柯立芝总统③。我们的大学生立志成为什么明星啊？请看杰克·布里顿④。亨利·范戴克博士⑤。我们能把两者调和一下吗？再看看扬·斯特里布林⑥。

我们的女儿一辈如果必须自己进行探测将会怎么样呢？南茜·霍桑就不得不亲自探测人生海洋的深浅。她勇敢而理智地面对每个十八岁的姑娘碰到的难题。

这是本绝妙的小册子。

你是个十八岁的姑娘吗？请看圣女贞德⑦的事例，萧伯纳⑧的事例，贝茜·罗斯⑨的事例。

想想1925年这些事例吧——清教徒历史上有过有伤风化的一页

---

① 中美洲北部尤卡坦半岛，其南部为热带森林。

② 詹姆斯·乔伊斯（1882—1941），爱尔兰小说家，代表作《尤利西斯》脍炙人口。

③ 柯立芝（1872—1933），美国第33任总统（1923—1929）。

④ 约翰·布里顿（1771—1857），英国古文物研究者。

⑤ 亨利·范戴克（1852—1933），美国牧师、教育家、作家，曾任普林斯顿大学英国文学系教授。

⑥ 扬·斯特里布林（1881—1965），美国小说家。

⑦ 圣女贞德（1412—1431），法国民族女英雄，唤起法国民众奋起反抗英国，后被烧死。

⑧ 萧伯纳（1856—1950），英国剧作家、小说家及社会改革家，曾写剧本《圣女贞德》。

⑨ 贝茜·罗斯（1752—1836），美国传说中设计缝制第一面美国国旗的妇女。

吗？波卡洪塔斯[①]有两面性吗？她有第四围[②]吗？

现代绘画——以及诗歌——算不算艺术？又算又不算。请看毕加索[③]。

流浪汉有没有行为准则？让你的头脑大胆想象吧。

本刊篇篇都有浪漫色彩。《论坛》的一批作者充满幽默和机智，句句都说在点子上。不过他们并不企图自作聪明，决不喋喋不休。

让你的精神受到新思想的鼓舞，不同凡响的浪漫色彩的陶醉，过一过这种充实的精神生活吧。他放下了这本小册子。

另一方面，曼努埃尔·加尔西亚·马埃拉[④]在特里安纳自己屋内一间黑沉沉的房里，直挺挺躺在床上，因得了肺炎，肺里积水，每只肺上都插着导管。安达卢西亚[⑤]的所有报纸都为他的去世出了特刊，几天来大家早就预料他要死了。男人和孩子买了他的彩色全身像来纪念他，看着这些平版印刷画，记忆中他的形象反而淡忘了。斗牛士对他去世都大大松了口气，因为他在斗牛场上总是表演了他们偶尔才表演得了的绝技。他们都冒雨送着他的灵柩出殡，有一百四十七名斗牛士送他到墓地去，他们把他安葬在何塞利托[⑥]的墓旁。葬礼后，人人都坐在咖啡馆里避雨，卖掉了不少马埃拉的彩色像，人们把画像卷好，插在兜里。

（陈良廷　译）

---

① 波卡洪塔斯（1595—1617），印第安人首领帕哈顿的女儿，传说中嫁给英国人约翰·罗尔夫，促进印第安人同英国统治者媾和。

② 女性的胸、腰、臀的尺寸称为三围。

③ 毕加索（1881—1973），侨居法国的著名西班牙画家及雕塑家。

④ 曼努埃尔·加尔西亚·马埃拉：西班牙著名斗牛士。

⑤ 西班牙南部地区，位于大西洋、地中海交汇点。

⑥ 何塞利托（1895—1920），西班牙著名斗牛士。

其实并没为了什么事，没什么值得拔拳相见的事，后来我们一下子就打起来了，我滑了一跤，他把我按下，跪在我胸膛上，双手扼住我，像是想要扼死我，我一直想从兜里掏出刀子来，捅他一下好脱身。大家都喝得醉醺醺，不会从我身上拉开他。他一边扼住我，一边把我脑袋往地板上撞，我掏出刀子，将它打开；我在他胳臂上划了一刀，他放了我。如果他要抓住我也抓不成了。于是他就地一滚，紧紧握住那条胳臂，哭了起来，我说：

“你到底干吗要扼住我？”

我差点杀了他。我一星期不能下咽。他把我喉咙扼得痛极了。

得了，我离开那里，那里有不少人跟他是一伙的，有些人还出来追我，我拐了个弯，顺着码头走去，我遇到一个家伙，他说街上有个人给杀了。我说：“谁杀了他？”他说：“我不知道谁杀了他，不过他确实已经死了。”这时天黑了，街上都积水，没有灯火，窗子都碎了，小船都漂到了镇上，树木也刮断了，一切都给刮掉了，我找到一条小筏子，划去找回我停在曼戈礁里面的小船，小船居然太平无事，只是灌满了水。我就把水戽掉，再用水泵抽掉水，天上有月亮，不过云倒不少，风暴仍然不小，我一路顺着风划；天亮时我已出了东港。

老兄，那风暴真够厉害的。我是第一个把船开出去的，那么大的水真从没见过。大水像碱水那样白，从东港滚滚涌到西南礁，叫人连海岸都分不清。海滩中间给风刮出一大条沟。树木都给刮掉了，一条沟从斜里穿过，里面的水雪白，水上面样样都有；树枝啊、整棵树啊、死鸟啊，都漂浮着。岩礁里面，世界上所有的鹈鹕和各种各样飞禽都有。它们一定是知道暴风要来临了才躲到岩礁里面的。

我在西南礁歇了一天，没人来追我。我是第一个开出船的，我看见有根桅杆漂着，我知道一定有船翻了，就动身去找。我找到出事的船，是条三桅纵帆船，我刚好看见船上桅杆残柱露出水面。船沉在水里太深了，我什么也没从船里捞出来。所以我继续寻找别的东西。我有这一切的优先权，我知道不管有什么东西我都应当拿到手。我继续在那条三桅纵帆船下沉地方的沙洲开来开去，什么东西都没找到，我继续开了一大段路。我朝流沙滩那儿开去，可什么也没找到，我又继续开。后来我看见吕蓓卡灯塔，我看见各种各样飞禽聚集在什么东西上面，我朝前开去看看究竟是什么，原来确实有一大群鸟。

我看得见一根像桅杆的东西露出水面，等我开过去，那些鸟都飞到空中，围着我不走。水面很清澈，露出一根桅杆般的东西，我走近一看，水里黑糊糊一团，像有个长长的黑影，我开过去，水里原来是一艘大客轮；就躺在水底下，大得不得了。我这条船就在它上面漂流而过。大客轮侧卧着，船尾深深朝下。舷窗全都紧闭，我看得见窗玻璃在水底闪闪发光，还有整个船身；我这辈子见到过最大的一艘船就躺在那儿，我先顺着长里开一回，开过了再抛下锚，我原先把小筏子搁在小船的前甲板上，这会儿就把它推下水中，就在飞鸟簇拥下划了过去。

我有一副水底观察镜，就是用来采海绵时戴的那一种，我的手发抖，所以拿不大住。你顺着船身开过去就看得见所有的舷窗全都紧闭。不过靠近水底的下面部位一定有什么地方打开了，因为一直有一片片东西漂出来。你说不上这是什么东西。只是碎片。鸟群争的就是这个。你从来没见过那么多鸟。它们全围着我狂叫。

我一切都看得清清楚楚。我可以细细看看船身，它在水底下看上去有一英里长。船就躺在一片洁白的沙滩上，照它侧身躺着的样子看来，斜里露出水面的桅杆是一种前桅，或是什么帆的滑车索具。船头在水下不深。我可以站在船头那船名字母的上面，而脑袋正好露出水面。可是最近一个舷窗也在十二英尺深的水下。我用鱼叉杆刚好够到，我想用鱼叉杆打破舷窗，就是打不破。玻璃太结实了。所以我划回小船，拿了一个扳钳，把扳钳捆在鱼叉杆头上，可我还是打不破。我就在那儿透过水底观察镜往下观看那艘装有一切的大客轮，我是头一个接近客轮的，可我进不去。这艘船里面一定有值五百万美元的东西呢。

我一想到这艘船值多少钱，不由得颤抖了。在舷窗里是个壁橱，我看得见有什么东西，就是隔着水底观察镜辨不清是什么。我拿着鱼叉杆派不上什么用处，我就脱掉衣服，站着，深深吸了两口气，手里拿着扳钳，往下游去，潜到船尾那边，我在舷窗边上还能坚持一会儿，看得见里边，里边有个女人，头发披散开来在水中漂浮。我清清楚楚看见她在浮着，我用扳钳两次猛击玻璃，耳边听见当当声，就是砸不开，我只得上来。

我紧紧抓住小筏子，缓过气来，就爬进小筏子，又深深吸了两口气，再潜下水去。我往下游，手指紧紧抓住舷窗边，抓住了再用扳钳尽力猛击玻璃。透过玻璃，我看得见那女人在水中漂浮。她的头发原先是紧紧扎住的，现在全披散在水中了。我看得见她一只手上的戒指。她恰好就靠近舷窗这边，我两次砸玻璃，连砸都砸不裂。我上来时心里就想，我不到万不得已决不轻易冒上水面换气。

我又一次下水，我砸了玻璃，只是砸砸而已，等我上来时鼻子正在流血，我站在船头上面，一双光脚踩在船名字母上，正好露出脑袋，就地歇歇，然后游到小筏子那边，吃力地爬进筏子，坐在那儿等待头痛消除，一面往水底观察镜里面瞧，可是鼻血出得很厉害，我只好把水底观察镜冲洗一下。于是我仰天躺在小筏子里，手放在鼻子下止血，我仰头躺着，抬眼一看，只见上空四下有千千万万只鸟。

鼻血止住后我再透过水底观察镜看看，于是划回小船，想找样比扳钳更沉的东西，可是一件也找不到；连个捞海绵的铁钩都没有。我又回去，海水始终一清见底，凡是漂在那片白沙滩上的东西都能看见。我寻找鲨鱼，可是一条都找不到。海水那么清澈，沙滩那么白净，你老远都该看得到鲨鱼。小筏子上有个泊船用的多爪小铁锚，我割下锚来，跳下水，带着锚往下沉。这锚一直把我往下拖，拖过了舷窗，我伸手去抓，什么都没抓住，继续往下沉啊沉的，沿着曲线形的船身滑下去。我只得放开锚。我听见砰的一下，等我再冒上水面似乎已过了一年。小筏子没锚顺着潮水给冲掉了，我向小筏子划过去，一边游，一边鼻血流到水里，我心里很高兴，幸亏水里没鲨鱼；可是我累了。

我头痛得快裂开了，我躺在小筏子上歇歇，然后又划回去。快到下午了。我又带着扳钳下水，没什么用处。那把扳钳太轻了。除非你有一把大铁锤，或者沉得能派用处的东西，否则潜下水去也没什么意思。于是我又把扳钳捆在鱼叉杆上，我从水底观察镜里看着，在舷窗玻璃上砰砰捶着，捶得扳钳震脱了，我在观察镜里看得清清楚楚，扳钳沿着船身一路滑下去，接着一下子滑开，沉到流沙里陷进去了。这下子我一事无成了。扳钳没了，小铁锚也丢了，所以只好划回小船。

我太累了，没法把小筏子拉上小船，太阳已经很低了，鸟群也全飞走，离开沉船了，我径自拖着小筏子往西南礁划去，鸟群在我前后飞着。我累极了。

那天晚上，刮起风暴来了，一连刮了一星期。你没法出海到沉船那儿。他们从城里来，告诉我说被我划一刀的那家伙除了胳臂之外没什么事儿，我就回到城里，他们同我订了五百美元的约。结果倒好，因为他们有几个人都是我朋友，发誓带把斧子跟我去找，谁知等我们回到沉船那儿，希腊人早已把船炸开，全都拿空了。他们用炸药炸开保险箱。没人知道他们到手多少钱。这艘船上载着黄金，都给他们拿走了。他们把船洗劫一空。我发现沉船，可我一个子儿都没得到。

暴风确实很厉害。他们说暴风袭击时，这船就在哈瓦那港口外，不能进港，要不船东们绝不会让船长冒险开进港来；他们说船长想要试一试，所以这船就只好冒着风暴开了，天黑时这船正冒着风暴行驶，企图闯过吕蓓卡和托吐加斯之间的海峡，这时撞上了流沙。也许船舵早给冲走了。也许他们连舵都没掌。不过总之他们没法知道有流沙，他们撞上流沙后，船长一定命令他们打开压舱层，这样船就可以稳住了。可是这船撞上的是流沙，他们打开压舱层时，船尾先沉下去，然后船舷尾端都陷进去了。船上有四百五十名乘客和船员，我发现这船时，他们一定都在船上。船一撞上流沙，他们一定立刻打开了压舱层，船身一压住，流沙就把船身吸下去了。后来锅炉一定爆炸了，一定是这样才使那些碎片儿漂出来。可是说来也怪，居然没有什么鲨鱼。一条鱼也没有。那片白净的沙滩上有鱼的话，我看得见。

可是现在倒有不少鱼了，是最大的一种石斑鱼。这艘船现在大部分都沉下流沙里了，这些鱼，最大一种石斑鱼就生活在船里。有的重三四百磅[1]。几时我们倒要出海去打几条。在沉船处可以看见吕蓓卡灯塔。现在上面设了个浮标。沉船就在海湾边流沙底。这艘船只差一百码就能闯过来了；在昏天黑地的风暴中这艘船没闯过来，雨势这么猛，他们看不见吕蓓卡灯塔。当时他们不常遇到这种事。大客轮的船长不习惯那样疾驶。他们有航道，他们告诉我说，他们安了一种罗盘可以自动导航。他们碰上那阵风暴时，大概不知道自己在什么地方，不过他们差点闯过去。话又说回来，他们也许丢失了舵。总之，一旦他们进了那海湾，那么一路开到墨西哥是不会再撞上什么东西的。可是，在那场暴风雨里，他们一定是撞上了什么东西，船长才命令他们打开压舱层的。在那种暴风雨中，没人会在甲板上。人人都必定留在舱里。他们在甲板上就没命了。舱里必定有几场大乱，因为你要知道这船一头牢牢栽了进去。我看见那把扳钳沉进流沙里的。船撞上去时，船长绝不会知道是流沙，除非他熟悉这片海域。他只知道不是遇上岩礁。他在船桥上一定全看见了。船一栽进去他必定就知道是怎么回事了。我就是不知道这船沉得多快。不知道大副是不是跟他在一起。你看他们是待在船桥里执行任务呢，还是在船桥外面？人们根本找不到任何尸体。一具也没有。没浮尸。有救生圈的话他们可以漂浮一大段海面呢。他们必定是在里面执行任务。得了，希腊人全都弄到手了。统统拿走了。他们一定来得很快，没错儿。他们搜刮得一干二净。鸟群先去，接着我去，然后是希腊人去，连鸟群从船上得到的东西也比我得到的多。

（陈良廷　译）

---

① 1 磅约 0.453 千克。

世上的光*

酒保看见我们进门，抬眼望望，不由自主地伸出手去把玻璃罩子盖在两盆免费菜①上面。

“给我来杯啤酒。”我说。他灌了一杯酒，用把刮铲把杯子上面那一层泡沫顺手刮掉了，手里却握着杯子不放。我在柜台上放下五分镍币，他才把啤酒往我这儿一塞。

“你要什么？”他问汤姆道。

“啤酒。”

他灌了一杯酒，刮掉泡沫，看见了钱才把那杯酒推过来给汤姆。

“怎么啦？”汤姆问道。

酒保没搭理他，径自朝我们脑袋上面看过去，冲着进门的一个人说：“你要什么？”

“黑麦酒。”那人说道。酒保摆出酒瓶和杯子，还有一杯水。

汤姆伸出手去揭开免费菜上面的玻璃罩。这是一盆腌猪腿，盆里搁着一把像剪子似的木头家伙，头上有两个木叉，让人叉肉。

“不成。”酒保说着就把玻璃罩重新盖在

---

* 典出《圣经·新约·约翰福音》第9章第5节，耶稣说：“我在世上的时候，是世上的光。”

① 西方酒吧间在二十世纪三四十年代往往摆出所谓“免费菜”以招徕顾客。

盆上。汤姆手里还拿着木叉。“放回去。”酒保说道。

“不必多说了。”汤姆说。

酒保在酒柜下伸出一只手来，眼睁睁看着我们俩。我在酒柜上放了五毛钱，他才挺起身。

“你要什么？”他说。

“啤酒。”我说，他先揭开两个盆上的罩子再去灌酒。

“你们店的混账猪腿是臭的。”汤姆说着把一口东西全吐在地上。酒保不言语。喝黑麦酒的那人付了账，头也不回就走了。

“你们自己才臭呐，你们这帮阿飞都是臭货。”酒保说道。

“他说咱们是阿飞。”汤米跟我说。

“听我说，咱们还是走吧。”我说道。

“你们这帮阿飞快给我滚蛋。”酒保说道。

“我说过我们要走，可不是你叫了我们才走。”我说道。

“回头我们还来。”汤米说道。

“最好你们不要来。”酒保对他说。

“教训他一下，让他明白自己的不是。”汤姆回过头来跟我说。

“走吧。”我说道。

外面漆黑一团。

“这是什么鬼地方啊？”汤米说道。

“我不知道，咱们还是上车站去吧。”我说道。

我们从这一头进城，从那一头出城。城里一片皮革和鞣树皮的臭味，还有一大堆一大堆的木屑发出的味儿。我们进城时天刚黑，这时刻天又黑又冷，道上水坑都快结冰了。

车站上有五个窑姐儿在等火车进站，还有六个白人、四个印第安人。车站很挤，火炉烧得烫人，烟雾腾腾，一股混浊的气味。我们进去时没人在讲话，票房的窗口关着。

“关上门，行不？”有人说。

我看看说这话的是谁。原来是个白人。他穿着截短的长裤，套着伐木工人的胶皮靴，花格子衬衫，跟另外几个一样穿着，就是没戴帽，脸色发白，两手也发白，瘦瘦的。

“你到底关不关啊？”

“关，关。”我说着就把门关上。

“劳驾了。”他说道。另外有个人嘿嘿笑着。

“跟厨子开过玩笑吗？”他跟我说道。

“没。”

“你不妨跟这位开一下玩笑，他可喜欢呐。”他瞧着那个叫厨子的。

厨子眼光避开他，把嘴唇闭得紧紧的。

“他手上抹香油呢，”这人说道，“他死也不肯泡在洗碗水里。瞧这双手多白。”

有个窑姐儿放声大笑。我生平还是头一回看到个头这么大的窑姐儿和娘们儿。她穿着一种会变色的绸子衣服。另外两个窑姐儿个头跟她差不离，不过这大个儿准有三百五十磅。你瞧着她的时候还不信她是真的人呢。这三个身上都穿着会变色的绸子衣服。她们并肩坐在长凳上。个头都特大。另外两个窑姐儿模样就跟一般窑姐儿差不多，头发染成金黄色。

“瞧他的手。”那人说着朝厨子那儿点点头。那窑姐儿又笑了，笑得浑身颤动。

厨子回过头去，连忙冲着她说：“你这个一身肥肉的臭婆娘。”

她兀自哈哈大笑，身子直打颤。

“噢，我的天哪，”她说道，嗓子怪甜的，“噢，我的老天哪。”

另外两个窑姐儿，一对大个儿，装得安安分分，非常文静，仿佛没什么感觉似的，不过个头都很大，跟个头最大的一个差不离。两个都足足超过两百五十磅。还有两个都一本正经。

男人中除了厨子和说话的那个，还有两个伐木工人，一个在听着，虽然感到有趣，却红着脸儿，另一个似乎打算说些什么，还有两个瑞典人。两个印第安人坐在长凳那一端，另一个靠墙站着。

打算说话的那个悄没声儿地跟我说："包管像躺在干草堆上。"

我听了不由得大笑，把这话说给汤米听。

"凭良心说，像那种地方我还从没见识过呢，"他说道，"瞧这三个。"

这时厨子开腔了："你们哥儿俩多大啦？"

"我九十六，他六十九。"汤米说。

"嗬！嗬！嗬！"那大个儿窑姐儿笑得直打颤。她嗓门的确甜。另外几个窑姐儿可没笑。

"噢，你嘴里没句正经话吗？我问你算是对你友好的呢。"厨子说道。

"我们一个十七，一个十九。"我说道。

"你这是怎么啦？"汤姆冲我说。

"好了，好了。"

"你叫我艾丽斯好了。"大个儿窑姐儿说着身子又打着颤了。

"这是你名字？"汤米问道。

"可不，"她说，"艾丽斯。对不？"她回过头来看着坐在厨子身边的人。

"一点不错。叫艾丽斯。"

"这是你们另外取的那种名字。"厨子说道。

"这是我的真名字。"艾丽斯说道。

"另外几位姑娘叫什么啊？"汤姆问道。

“黑兹儿和埃塞尔。”艾丽斯说道。黑兹儿和埃塞尔微微一笑。她们不大高兴。

“你叫什么名字？”我问一个金发娘们道。

“弗朗西丝。”她说。

“弗朗西丝什么？”

“弗朗西丝·威尔逊。你问这干吗？”

“你叫什么？”我问另一个道。

“噢，别放肆了！”她说。

“他无非想跟咱们大伙交个朋友罢了。难道你不想交个朋友吗？”头里说话的那人说道。

“不想。不跟你交朋友。”头发染成金黄色的娘们说道。

“她真是个泼辣货。一个地道的小泼妇。”那人说道。

一个金发娘们瞧着另一个，摇摇头。

“讨厌的乡巴佬。”她说道。

艾丽斯又哈哈大笑了起来，笑得浑身直打颤。

“有什么可笑的，”厨子说，“你们大伙都笑，可没什么可笑的。你们两个小伙子，上哪儿去啊？”

“你自个儿上哪儿？”汤姆问他道。

“我要上凯迪拉克。你们去过那儿吗？我妹子住在那儿。”厨子说道。

“他自己也是个妹子。”穿截短的长裤的那人说道。

“你别说这种话行不行？咱们不能说说正经话吗？”厨子说道。

“凯迪拉克是史蒂夫·凯切尔的故乡，艾达·沃盖斯特也是那儿的人。”害臊的那人说道。

“史蒂夫·凯切尔，”一个金发娘们尖声说道，仿佛这名字像枪子儿似的打中了她，“他的亲老子开枪杀了他。咳，天哪，亲老子。再也找不到史蒂夫·凯切尔这号人了。”

“他不是叫史坦利·凯切尔吗?”厨子问道。

“噢，少废话!你对史蒂夫了解个啥?史坦利。他才不叫史坦利呢。史蒂夫·凯切尔是空前未有的大好人、美男子。我从没见过像史蒂夫·凯切尔这么干净、这么纯洁、这么漂亮的男人。天下找不出第二个来。他行动像老虎，真是空前未有的大好人，花钱最豪爽。”金发娘们说道。

“你认识他吗?”一个男人问道。

“我认识他吗?我认识他吗?我爱他吗?你问我这个吗?我跟他可熟呢，就像你跟无名小鬼那样熟，我爱他，就像你爱上帝那样深。史蒂夫·凯切尔哪，他是空前未有的大伟人、大好人、正人君子、美男子，可他的亲老子竟把他当条狗似的一枪打死。”

“你陪着他到沿岸各地去了吗?”

“没。在这以前我就认识他了。他是我唯一的心上人。”

头发染成金黄色的娘们把这些事说得像演戏似的，人人听了都对她肃然起敬，但艾丽斯又打着颤了。我坐在她身边感觉得到。

“可惜你没嫁给他。”厨子说道。

“我不愿害他的前程。我不愿拖他后腿。他要的不是老婆。唉，我的上帝呀，他真是个了不起的人呐!”头发染成金黄色的娘们说道。

“这样看倒也不错。可杰克·约翰逊[①]不是把他打倒了吗?”厨子说道。

“这是耍诡计。那大个儿黑人偷打了一下冷拳。本来他已经把杰克·约翰逊这大个儿黑王八打倒在地。那黑鬼碰巧才得胜的。”头发染成金黄色的娘们说道。

---

① 杰克·约翰逊(1878—1946):美国第一个重量级黑人拳王。

票房窗口开了，三个印第安人走到窗口。

“史蒂夫把他打倒了。他还冲着我笑呢。”染金头发的娘们说道。

“刚才你好像说过你没陪着他到沿岸各地去。”有人说道。

“我就是为了这场拳赛才出门的。史蒂夫冲着我笑，那个该死的黑狗崽子跳起身来，给他一下冷拳。按说这号黑杂种一百个也敌不过史蒂夫。”

“他是个拳击大王。”伐木工人说道。

“他确实是个拳击大王。如今确实找不到他这样好的拳手。他就像位神明，真的。那么纯洁，那么漂亮，就像头猛虎或闪电那样出手迅速，干净利落。”染金头发的娘们说道。

“我在拳赛电影中看到过他。”汤姆说道。我们全都听得很感动。艾丽斯浑身直打颤，我一瞧，只见她在哭。几个印第安人已经走到月台上去了。

“天底下哪个做丈夫的都抵不上他，”染金头发的娘们说，“我们当着上帝的面结了婚，我顿时就成了他的人啦，往后一辈子都是他的了，我整个儿都是他的。我不在乎我的身子。人家可以糟蹋我的身子。可我的灵魂是史蒂夫·凯切尔的。天哪，他真是条好汉。”

人人都感到不是味儿。叫人听了又伤心又不安。当下那个还在打颤的艾丽斯开口说话了，嗓门低低的。“你闭着眼睛说瞎话，你这辈子根本没跟史蒂夫·凯切尔睡过，你自己有数。”

“亏你说得出这种话来！”染金头发的娘们神气活现地说。

“我说这话就因为这是事实。”艾丽斯说道。“这里只有我一个人认识史蒂夫·凯切尔，我是从曼斯洛纳来的，在当地认识了他，这是事实，你明明也知道这是事实，我要有半句假话就叫天打死我。”

“叫天打死我也行。”染金头发的娘们说道。

“这是千真万确的，千真万确的，这个你明明知道。不是瞎编的，他跟我说的话我句句都清楚。”

“他说些什么来着?”染金头发的娘们得意扬扬说。

艾丽斯哭得泪人儿似的，身子颤动得连话也说不出。“他说：‘你真是可爱的小宝贝，艾丽斯。’这就是他亲口说的。”

“这是鬼话。”染金头发的娘们说道。

“这是真话。他的确是这么说的。”艾丽斯说道。

“这是鬼话。”染金头发的娘们神气活现地说道。

“不，这是真的，千真万确，一点不假的。”

“史蒂夫绝不会说出这话来。这不是他平素说的话。”染金头发的娘们高高兴兴地说道。

“这是真的，”艾丽斯嗓门怪甜地说道，“随便你爱信不信。”她不再哭了，总算平静了下来。

“史蒂夫不可能说出这种话。”染金头发的娘们扬言说。

“他说了，”艾丽斯说着，露出了笑容，“记得当初他说这话时，我确实像他说的那样，是个可爱的小宝贝，哪怕眼下我还是比你强得多，你这个旧热水袋干得没有一滴水啦。”

“你休想侮辱我。你这个大脓包。我记性可好呢。”染金头发的娘们说道。

“哼。你记得的事有哪一件是真的?要么记得你光腚和几时吸上可卡因和吗啡的。其他什么事你都是从报上刚看来的。我做人清白，这点你也知道，即使我个头大，男人还是喜欢我，这点你也知道，我绝不说假话，这点你也知道。”艾丽斯嗓门甜得可爱地说道。

“你管我记得哪些事?反正我记得的净是些真事、美事。”染金头发的娘们说道。

艾丽斯瞧着她，再瞧着我们，她脸上忧伤的神情消失了，她笑了一笑，一张脸蛋漂亮得真是少见。她有一张漂亮的脸蛋、一身细嫩的皮肤、一副动人的嗓子，她真是好得没说的，而且的确很友好。可是天哪，她个头真大。她的身子真有三个娘们儿那样大。汤姆看见我正瞧着她就说：“快来，咱们走吧。”

“再见。”艾丽斯说。她确实有条好嗓子。

“再见。”我说道。

“你们哥儿俩往哪条道走啊？”厨子问道。

“反正跟你走的不是一条道。”汤姆对他说道。

（陈良廷　译）

他父亲去世时他还只是个毛头小伙子，他的经理替他父亲长期安葬了。就是说，这样他可以永久享用这块墓地的使用权。不过他母亲去世时，他的经理就想，他们彼此不可能永远这么热乎。他们是一对儿；他一定是个搞同性恋的，你不也知道，他当然是个搞同性恋的。所以经理就替他暂且安葬他母亲五年。

咳，等他从西班牙回到墨西哥就收到了第一份通知。上面说，五年到期了，要他办理续租他母亲墓地的事宜，这是第一份通知。永久租用费只有二十美元。当时我管钱柜，我就说让我来办理这件事吧，帕科。谁知他说不行，他要自己料理。他会马上料理的。葬的是他母亲，他要亲自去办。

后来过了一星期，他又收到第二份通知。我念给他听，我说我还以为他已经料理了呢。

没有，他说，他没有料理过。

“让我办吧，”我说，“钱就在钱柜里。”

不行，他说。谁也不能支使他。等他抽出时间就会亲自去办的。“反正总得花钱，早点花又有什么意思呢。”

“那好吧，”我说，“不过你一定要把这事料理了。”这时他除了参加义赛外，订了一份合同，规定参加六场斗牛，每场报酬四千比索。他光是在首都就挣了一万五千多美元。一句话，他忙得不亦乐乎。

又过了一星期，第三份通知来了，我念给他听。通知说如果到下星期六他还不付钱，就要挖开他母亲的墓，把尸骨扔在万人冢上。他说下午到城里去自己会去办的。

“干吗不让我来办呢?”我问他。

“我的事你别管，”他说，“这是我的事，我要自己来办。”

“那好，既然你这样认为就自己去办吧。”我说。

虽然当时他身边总是带着一百多比索，他还是从钱柜里取了钱，他说他会亲自去料理的。他带了钱出去，所以我当然以为他已经把这事办好了。

过了一星期，又来了通知，说他们发出最后警告，没有收到回音，所以已经把他母亲的尸骨扔在万人冢上了。

“天啊，”我跟他说，“你说过你会去付钱，你从钱柜里取了钱去付的，如今你母亲落得个什么下场啊?我的天哪，想想看吧!万人冢上扔着你亲生母亲。你干吗不让我去料理呢?本来我收到第一份通知时就可以去付的。”

“不关你的事。这是我的母亲。”

“不错，是不关我的事，可这是你的事。听任人家对母亲如此作践，这种人身上还有什么人味啊?你真不配有母亲。”

“这是我母亲，”他说，“现在她跟我更亲了。现在我用不着考虑她葬在一个地方，并为此伤心了。现在她就像飞鸟和鲜花，在我周围的空气中。现在她可时刻跟我在一起了。”

“天啊，”我说，“你究竟还有什么人味没有?你跟我说话我都不稀罕。”

“她就在我周围，”他说，“现在我再也不会伤心了。”

那时，他在女人身上花了各种各样钱，想方设法装出人模人样哄骗别人，不过稍为知道他一点底细的人都不会上当。他欠了我六百比索，不肯还我。“你现在要钱干什么？”他说，“你不信任我吗？咱们不是朋友吗？”

“这不是朋友不朋友、信任不信任的问题。你不在的时候，我拿自己的钱替你付账，现在我需要讨还这笔钱，你有钱就得还我。”

“我没钱。”

“你有钱，”我说，“就在钱柜里，你还我吧。”

“我需要这笔钱派用场，”他说，“你不知道我需要钱去派的种种用场。”

“你在西班牙时我一直待在这里，你委托我凡是碰到有什么开支，屋里的全部开支都由我支付，你出门那阵子一个钱都不寄来，我拿自己的钱付掉六百比索，现在我要钱用，你还我吧。”

“我不久就还你，”他说，“眼下我可急需钱用。”

“派什么用场？”

“我自己的事。”

“你干吗不先还我一点？”

“不行，”他说，“我太急需钱用了。可我会还你的。”

他在西班牙只斗过两场，他们那儿受不了他，他们很快就看穿他了，他做了七套斗牛时穿的新服装，他就是这种东西：马马虎虎把这些服装打了包，结果回国途中有四套受海水损坏，连穿都不能穿。

“我的天哪，”我跟他说，“你到西班牙去。你整个斗牛季节都待在那里，只斗了两场。你把带去的钱都花在做服装上，做好又让海水糟蹋掉；弄得不能穿。那就是你过的斗牛季节，如今你倒跟我说自己管自己的事。你干吗不把欠我的钱还清让我走啊？”

“我要你留在这儿，”他说，“我会还你的。可是现在我需要钱。”

“你急需钱来付墓地租金安葬你母亲吧？”我说。

“我母亲碰上这种事我倒很高兴，”他说，“你不能理解。”

“幸亏我不能理解，”我说，“你把欠我的钱还我吧，不然我就自己从钱柜里拿了。”

“我要亲自保管钱柜了。”他说。

“不成，你不能。”我说。

那天下午，他带了个小流氓来找我，这小流氓是他同乡，身无分文。他说：“这位老乡回家缺钱花，因为他母亲病重。”要明白这家伙只不过是个小流氓而已，他以前从没见过的一个小人物，不过倒是他同乡，而他竟要在同乡面前充当慷慨大度的斗牛士。

“从钱柜里给他五十比索。”他跟我说。

“你刚跟我说没钱还我，”我说，“现在你倒要给这小流氓五十比索。”

“他是同乡，”他说，“他落难了。”

“你混蛋，”我说，我把钱柜的钥匙给他，“你自己拿吧。我要上城里去了。”

“别发火，”他说，“我会付给你的。”

我把车子开出来，上城里去了。这是他的车子，不过他知道我开车比他高明。凡是他做的事我都能做得比他好，这点他心中有数。他连写都不会写，念也不会念。我打算去找个人，看看有什么办法让他还我钱。他走出来说：“我跟你一起去，我打算还你钱。咱们是好朋友。用不着吵架。”

我们驱车进城，我开的车。刚要进城，他掏出二十比索。

“钱在这里。”他说。

“你这没娘管教的混蛋，”我跟他说，还告诉他拿着这钱会怎么着，“你给那小流氓五十比索，可你欠了我六百，倒还我二十。我决不拿你一个子儿。你也知道拿着这钱会怎么着。”

我兜里一个子儿都没有就下了车，不知当夜到哪儿去睡觉。后来我同一个朋友出去把我的东西从他那儿拿走。从此我再也不跟他说话，直到今年，有一天傍晚，我在马德里碰见他跟三个朋友正一起走向格朗维亚的卡略电影院。他向我伸出手来。

“嗨，罗杰，老朋友，”他跟我说，“你怎么样啊？人家说你在讲我坏话。你讲了种种冤枉我的坏话。”

“我只说你根本没有母亲。”我跟他说。这句话在西班牙话里是最损人的。

“这话倒不错，”他说，“先母过世那时我还很年轻，看上去我似乎根本没有母亲。这真不幸。”

你瞧，你碰不了他。什么都碰不了他，什么都碰不了。他们在自己身上花钱，或者摆谱儿，可是他们根本不出钱。想方设法叫人家出钱。我在格朗维亚当着他三个朋友的面，当场跟他说了我对他的看法；可这会儿我碰到他跟我说话竟像两人是朋友似的。这种人还有什么人味啊？

（陈良廷　译）

等了一整天

我们还睡在床上的时候，他走进屋来关上窗户，我就看出他像是病了。他浑身哆嗦，脸色煞白，走起路来慢吞吞，似乎动一动都痛。

“怎么啦，沙茨？”

“我头痛。”

“你最好回到床上去。”

“不，没事儿。”

“你回床上去。等我穿好衣服就来看你。”

可是等我下楼来，他已经穿好衣服，坐在火炉边，一看就是个病得不轻、可怜巴巴的九岁男孩。我把手搁在他脑门上，就知道他在发烧。

“你上楼去睡觉吧，”我说，“你病了。”

“我没事儿。”他说。

医生来了，他给孩子量了量体温。

“几度？”我问他。

“一百零二度[①]。”

在楼下，医生留下三种药，是三种不同颜色的药丸，还吩咐了服用方法。一种是退热的，另一种是泻药，第三种是控制酸的。他解释说，流感的病菌只能存在于酸性状态

---

① 约 38.9 摄氏度。

中。他似乎对流感无所不知，还说只要体温不高过一百零四度就不用担心。这是轻度流感，假如不并发肺炎就没有危险。

回屋后我把孩子的体温记下来，还记下吃各种药丸的时间。

“你要我念书给你听吗？”

“好吧，你要念就念吧。”孩子说。他脸色煞白，眼睛下面有黑圈。他躺在床上一动也不动，似乎超然物外。

我大声念着霍华德·派尔的《海盗集》[①]；但我看得出他不在听我念书。

“你感觉怎么样，沙茨？”我问他。

“到目前为止，还是老样子。”他说。

我坐在他床脚边看书，等着到时候给他吃另一种药。本来他睡觉是轻而易举的，但我抬眼一看，只见他正望着床脚，神情十分古怪。

“你干吗不想法睡一会儿？要吃药我会叫醒你的。”

“我情愿醒着。”

过了一会儿，他对我说：“要是你心烦就不用在这儿陪我，爸爸。”

“我没心烦。”

“不，我是说如果你心烦的话，就不用在这儿陪。”

我以为他也许有点头晕，到了十一点我给他吃了医生开的药丸后就到外面去了一会儿。

那天天气晴朗寒冷，地面上盖着一层雨夹雪都结成冰了，因此看上去所有光秃秃的树木、灌木、修剪过的灌木，全部草地和空地上面都涂上了层冰。我带了一条爱尔兰长毛小猎狗顺那条路，沿着一条结

---

① 霍华德·派尔（1853—1911），美国作家、画家、插图家，为杂志工作多年，作品大多取材美国殖民地时期及内战时期史实及传说，除撰文外，还亲自作画。

冰的小溪散散步，但在光滑的路面上站也好，走也好，都不容易，那条红毛狗跳一下滑倒了，我也重重摔了两跤，有一次我的枪都掉下来，在冰上滑掉了。

一群鹌鹑躲在悬垂着灌木的高高土堤下，被我们惊起了，它们从土堤顶上飞起时我打死了两只。有些鹌鹑栖息在树上，但大多数都分散在一丛丛灌木林间，必须在长着灌木丛那结冰的土墩上蹦跶几下，它们才会惊起呢。你还在覆盖着冰的、富有弹性的灌木丛中东倒西歪，想保持身体重心时，它们就飞出来了，这时要打可真不容易，我打中了两只，五只没打中。动身回来时，我发现靠近屋子的地方也有一群鹌鹑，心里很高兴，开心的是第二天还可以找到好多呢。

到家后，家里人说孩子不让任何人上他屋里去。

“你们不能进来，”他说，“你们千万不能拿走我的东西。”

我上楼去看他，发现他还是我离开时的那个姿势，脸色煞白，不过由于发烧脸蛋绯红，像先前那样怔怔望着床脚。

我给他量体温。

“几度？”

“好像是一百度。”我说。其实是一百零二度四分。

“是一百零二度。”他说。

“谁说的？”

“医生说的。”

“你的体温还好，”我说，“没什么好担心的。”

“我不担心，”他说，“不过我没法不想。”

“别想了，”我说，“别急。”

“我不急。”他说着一直朝前看。显然他心里藏着什么事情。

“把这药和水一起吞下去？”

“你看吃了有什么用吗？”

“当然有啦。”

我坐下，打开那本《海盗集》，开始念了，但我看得出他没在听，所以我就不念了。

“你看我几时会死？”他问。

“什么？”

“我还能活多久才死？”

“你不会死的。你怎么啦？”

“哦，是的，我要死了。我听见他说一百零二度的。”

“发烧到一百零二度可死不了。你这么说可真傻。”

“我知道会死的。在法国学校时同学告诉过我，到了四十四度你就活不成了。可我已经一百零二度了。”

原来从早上九点钟起，他就一直在等死，都等了一整天了。

“可怜的沙莢，”我说，“可怜的沙莢宝贝儿，这好比英里和公里。你不会死的。那是两种体温表啊。那种表上三十七度算正常。这种表要九十八度才算正常。”

“这话当真？”

“绝对错不了，”我说，“好比英里和公里。你知道我们开车时车速七十英里合多少公里吗？”

“哦。”他说。

可他盯住床脚的眼光慢慢轻松了，他内心的紧张也终于轻松了，第二天一点也不紧张了，为了一点小事，动不动就哭了。

（刘文澜　译）

一篇有关死者的博物学论著

我总觉得战争一直未被当作博物学家观察的一个领域。我们有了已故的威·亨·哈得孙①对巴塔哥尼亚②的植物群和动物群的生动而翔实的叙述，吉尔伯特·怀特大师③引人入胜地写下了戴胜鸟对塞尔伯恩村④不定期而绝非寻常的光顾，斯坦利主教⑤给我们写下了一部虽然通俗却很宝贵的《鸟类驯服史》。难道我们不能期望给读者提供一些有关死者的合情合理、生动有趣的事实吗？但愿能吧。

当年那个百折不挠的旅行家芒戈·派克⑥途中一度昏倒在广袤无垠的非洲沙漠里，精光赤条，单身一人，想想来日屈指可数，看来没什么事好做，只好躺下等死，一种有特异美的小青苔花映入他的眼帘。他说："虽

---

① 威廉·亨利·哈得孙（1841—1922），英国博物学家、散文家及小说家。

② 南美洲地区，在阿根廷和智利南部。

③ 吉尔伯特·怀特（1740—1793），英国博物学家、牧师，他撰写的《塞尔伯恩博物志及古迹》是英国第一部有关博物学的著作。

④ 英国罕布什尔一个村子，是吉尔伯特·怀特的故乡，该地不时有颜色鲜艳、长喙尖锐、冠呈扇形的戴胜鸟栖息。

⑤ 阿瑟·斯坦利（1815—1881），英国教士、作家，1864年为西敏寺大教堂主教，著有多部博物学论著。

⑥ 芒戈·派克（1771—1806），苏格兰著名非洲探险家。下文一段话引自他的著作《非洲腹地旅行记》。

然整棵花还没我一根手指那么大，我端详着花根、花叶和花荚就不得不惊叹其微妙之证明。难道上帝在这些荒僻的世界里种植、灌溉、培育成熟一种似乎微不足道的东西，对根据他自己形象创造出来的生灵的处境和苦难竟会熟视无睹吗？当然不会。一想到这些，我就不容自己灰心绝望了；我跳起身，不顾饥饿和疲劳，勇往直前，深信解脱在望；我没有失望。”

诚如斯坦利主教所说，有意同样以惊叹和崇敬的态度研究任何学科的博物学，必能增强那种信心、爱心和希望，这些信心、爱心和希望也正是我们每一个人在穿越人生的荒野途中所需要的呢。因此，让我们看看我们从死者上面可以得到什么灵感吧。

在战争中死去的往往是人类中的男性，虽然这说法就畜类而论并不正确，我就经常在马尸堆中看见母马。战争令人感兴趣的一面就是只有在战争中博物学家才有观察死骡子的机会。在二十年平民生涯的观察中，我从没看见过一头死骡子，不免让我开始对这些牲口是否真正会死抱着怀疑态度了。我偶尔也看见过被自己当作死骡的牲口，可是凑近一看，结果总看到原来是活骡，因为完全睡着了才看上去像死的。可是在战争中，这些牲口几乎同更普通而不耐劳的马一样送命。

我看到的那些骡子多半死在山路一带，或者躺在陡峭的斜坡脚下，那是人们为了不让道路堵塞，把它们从坡上推下来的。在死骡屡见不鲜的山里这种景象似乎倒也相称，比后来在士麦那[①]看到它们的遭遇更协调些，在士麦那，希腊人把全部辎重牲口的腿都打断，再把它们从码头上推下浅水去淹死。大批淹死在浅水里的断腿骡马需要有

① 参见《在士麦那码头上》一文。

个戈雅[①]来描绘它们。虽然，真正说起来，也说不上需要有个戈雅，因为戈雅只有一个，早已死了，而且即使这些牲口能开口的话，它们会不会要求人家用绘画来表现它们的苦难还大大值得怀疑呢。不过，如果它们会说话，十之八九会要求人家减轻它们的痛苦吧。

关于死者的性别问题，事实上是你见惯了死者都是男人，所以见到死了一个女人就万分震惊。我第一次看见死者性别颠倒是坐落在意大利米兰近郊的一家军火厂爆炸之后。我们乘坐卡车沿着白杨树荫遮盖的公路，赶到出事现场，公路两边的壕沟里有不少细小的动物生态，可我无法观察清楚，因为卡车扬起漫天尘土。一赶到原来的军火厂，我们有几个人就奉命在那些不知什么原因并没爆炸的大堆军火四下巡逻，其他人就奉命去扑灭已经蔓延到邻近田野草地的大火；灭火任务完成后，我们就受命在附近和周围田野里搜寻尸体。我们找到了大批尸体，抬到临时停尸所。必须承认，老实说，看到这些死者男的少、女的多，我还真大为震惊呢。在当时，女人还没开始剪短发，如欧美近来几年时兴的那样，而最令人不安的事是看到死者留这种长发，也许因为这事最令人不习惯吧，然而更令人不安的是，死者中难得有不留长发的。我记得我们彻彻底底搜寻全尸之后又搜集残骸。这些残骸有许多都是从军火厂四周重重围着的铁丝篱上取下来的，还有一些是从军火厂的残存部分上取下来的，我们捡到许多这种断肢残体，无非充分证明烈性炸药无比强大的威力。不少残骸还是在老远的田野里找到的呢，都是被自身体重抛得这么老远。

记得我们重返米兰的途中，我们有一两个人在讨论这场事故，一致同意事故性质不现实，而且事实上竟没有人受伤，的确大大减少了

---

① 戈雅（1746—1828），西班牙画家，作品大多控诉侵略者的凶残，对欧洲十九世纪绘画有很大影响，以版画集《战争的灾难》闻名于世。

这场灾难的恐怖性，要不这种恐怖可能会大得多呢。再说事实上事故来得如此直接，因此死者搬运和处理起来还丝毫不感到不舒服，使之与平时战场上的经历大相径庭。车子开过风景优美的伦巴第[①]郊区，虽然一路尘土飞扬，倒也赏心悦目，这也是对我们执行这项煞风景的任务的一个补偿吧。在归途中，我们交换看法时，一致认为这场突然发生的大火正好在我们赶到前迅速得到控制，没有波及看上去堆积如山的未爆炸的军火，确实是一大幸事。我们还一致认为四处收集残骸是件奇特的差使，按说人体理该顺着解剖学的原理炸得一块一块，谁知在一颗烈性炸药炮弹的爆炸下，反而随着弹片任意四分五裂。

为了达到观察的精确性，一个博物学家不妨把观察局限于一段有限的阶段，我将首先把一九一八年六月，奥地利进攻意大利以后作为一个阶段。在此阶段，死亡人数极大，意方被迫撤退，后来又大举进攻以收复失地，这一来战后局面仍如战前，只是死者变了样而已。死者没埋葬前，每天都多少有些变样。白种人肤色的变化是从白变成黄，再变成黄绿，最后变成黑色。如果在暑热下搁置过久，尸体就会变得类似煤焦油色，尤其是皮开肉绽的部分，而且真有明显的煤焦油似的虹彩。尸体一天比一天胀大，有时胀得太大了，军服也包不住，胀鼓鼓的像是要绷裂开似的。个别人的腰围会胀到难以置信的程度，脸部胀得皮肤绷紧，圆滚滚的像气球。除了尸体逐渐胀胖之外，令人吃惊的是死者周围散布的纸片之多。埋葬前，尸体最终的姿势全看军服上口袋的位置而定。在奥地利军队里，那些口袋是开在马裤后面的，过了短短一阵子，死者都必然脸朝下躺着，臀部两个口袋都给兜底翻了出来，口袋里装的那些纸片就全都散布在草地上了。暑热，苍蝇，草地上尸体所呈姿势，四散的纸片之多，这些都是留下的深刻印

---

① 意大利北部区名，近瑞士边境，首府米兰。

象。大热天战场上的气味是回想不起来的。你能记得有过这么一股气味，可是从此你没碰到什么事能叫你再想起这股气味来。不像一个团队的气味，你在乘坐有轨电车时会突然闻到，你会看看对面，看见把这股气味带给你的那人。不过另外那股气味就像当初你在恋爱中的味儿一样完全消失了；你只记得发生的事情，可是回想不起那股兴奋感。

不知道那个百折不挠的芒戈·派克在大热天的战场上会看到什么恢复信心的景象。六月底，七月里，麦子里总有罂粟花，还有叶茂的桑葚树，太阳透过重重树叶屏障，照在枪杆子上，就看得见上面冒着热气；芥子毒气弹炸出的弹坑边缘变成金黄色，一般破房子都比挨过炮轰的房子要好看些，可是旅行的人很少会舒畅地呼吸一下那个初夏的空气，有过芒戈·派克从上帝根据自己的形象造人这方面产生的那种想法。

你在死者身上首先看到的是打得真够惨的，竟死得像畜生。有的受了点轻伤，这点伤连兔子受了都不会送命。他们受了点轻伤就像兔子有时中了三四粒似乎连皮肤都擦不破的霰弹微粒那样送了命。另外一些人像猫那样死去；脑袋开了花，脑子里有铁片，还活活躺了两天，像脑子里挨了颗枪子的猫一样，蜷缩在煤箱里，等到你割下它们的脑袋后才死。也许那时猫还死不了，据说猫有九条命呢，我也说不清，不过大多数人死得像畜生一般，不像人。我从来没看见过一件所谓自然死亡的事例，所以我就把这归罪于战争，正如那个百折不挠的旅行家芒戈·派克一样，知道一定还有其他什么事例，而且总是少了点其他什么，后来我总算看到了一件。

我见到过唯一一件自然死亡事例除了并不严重的失血之外，是死于大流感①的。得了这病就浑身黏液湿淋淋，憋住气，要知道这种病

① 指 1917 年—1918 年蔓延全世界的流行性感冒，是一种病毒性急性传染病，死者无数。

人是怎么死的：临终纵有一身力气，还是变成个小孩子，人去了，被单却像小孩尿布那样湿透，一大片黄浊的黏液瀑布似的流着，淌着。所以如今我倒要看看哪位自诩的人道主义者[①]的死亡情况，因为一个像芒戈·派克那样百折不挠的旅行家，或我，就是靠眼看这种文学流派的成员真正死亡，观察他们体面下场而活着，而且还要活下去看看。我作为一个博物学家，在沉思中不由得想到虽然讲究体统是一件大好事，可是如果人类继续繁衍下去的话，必然有些事是不成体统的，因为传宗接代的姿势就是不成体统的，大大不成体统的，我不由得又想到这些人也许是，或曾经是：不失体统同居生下的子女。可是不管他们如何出世，我倒希望看到一小撮人的结局，思索一下寄生虫如何解决那个长期保留的不育问题；因为他们奇特的小册子已荡然无存，他们的一切肉欲都成为次要问题。

虽然，在一篇有关死者的博物学论著中涉及这些自封的公民也许是正当的，尽管在本著作发表的时候这种封号可能一文不值，然而，这对你在大热天下所看见的原来的嘴巴上有半品脱蛆虫在忙着的其他死者是不公正的，他们年纪轻轻就死去并非自愿，他们也不办杂志，其中许多人无疑连一篇评论文章也从来没看过。死者也并非老是碰到大热天，多半时间是碰到下雨，他们躺在雨水里，雨水就把他们冲洗干净了，雨水还在他们入土的时候把泥土软化，有时还接连不断下着，把泥土变成泥浆，把尸体冲洗出来，你只得把尸体再埋葬下去。冬天在山里，你就得把尸体放在雪地里，等到开春积雪化掉，再得由别人来掩埋。这些死者在山里的坟地是很美的，山地战争是所有战争中最美的，其中一回，在一个叫波科尔的地方，他们埋葬了一个头部

① 本文提到一个绝迹的现象万祈读者谅鉴，这条附注如同一切时尚附注一样，注明故事时代背景，不过因为其略具历史重要性，删去则破坏韵律，故保留之。——原注

给冷枪打穿的将军。那些撰写书名叫《将军死于病床上》的作家错了，因为这位将军就死在高踞山上的雪地战壕里，戴着一顶登山帽，帽上插着一支鹰翎，正面的弹孔小得插不进小手指；后面的弹孔却大得塞得进拳头，如果拳头小，你想要塞的话准塞得进，雪地里有好多血。他是个极好的将军，在卡波雷托战役[①]中指挥巴伐利亚阿尔卑斯军团的冯贝尔将军就是这么一位好将军，他是乘坐在参谋的汽车里，身先士卒，开进乌迪内[②]市时，遭意大利后卫部队打死的，如果我们要对这类事情讲究什么精确性的话，那么所有这类书应改名为《将军通常死于病床上》。

有时在山里，设在靠山那边挨不到炮轰的包扎站外面的死者，身上也下到了雪。他们都给抬到在地面封冻前就在山坡上挖好的洞里。就是在这洞里，有个人的脑袋破得像摔得粉碎的花盆，虽然脑袋由薄膜裹在一起，外面还精心扎着现已浸湿发硬的绷带，但脑组织给里面一块碎钢片破坏了，他躺了一天一夜，又躺了一天。担架手请医生进去看看他。他们每回去都看见他，甚至没朝他看都听到他在呼吸。医生的眼睛通红，眼皮肿胀，给催泪瓦斯熏得几乎睁不开来。他看了那人两回，一回在大白天里，一回用手电筒照。我意思是说，用手电筒照一遍也会给戈雅留下一个深刻印象，医生第二回看他才相信担架手说他还活着这话。

“你们要我拿这怎么办？”他问。

他们提不出什么办法。可是过了一会儿他们就要求把他抬出去跟重伤员安顿在一起。

---

① 卡波雷托原为意大利边境城市，在伊松佐河畔，乌迪内东北。第一次世界大战时，1917 年秋，冯贝尔将军率领新成立的德奥联军巴伐利亚阿尔卑斯军团，大举进攻，企图吞并意大利东北，意军被迫于 11 月 7 日撤至皮阿维河。

② 意大利东北部城市，位于阿尔卑斯山脉南麓。

“不。不。不！”正忙着的医生说，“怎么啦？你们怕他？”

“我们不愿意听到他跟死者留在洞里。”

“那就别听他好了。如果你们把他搬出来，又得马上把他抬回去了。”

“我们不在乎，上尉大夫。”

“不行，”医生说，“不行。难道你们没听到我说不行吗？”

“你为什么不给他打一针大剂量吗啡？”一个在等候包扎臂部伤处的炮兵军官问。

“你以为我的吗啡就只派这一个用处吗？你愿意我不用吗啡就做手术吗？你有手枪，出去亲手把他打死啊。”

“他已经中了枪，”那军官说，“如果你们有些大夫中了枪，你就另眼相待了。”

“多谢多谢，”医生对空挥舞一把镊子说，“千谢万谢。这双眼睛怎么样了？”他用镊子指指眼睛。“你觉得怎么样？”

“催泪瓦斯。如果是催泪瓦斯就算走运了。”

“因为你离开前线，”医生说，“因为你跑到这儿来说要清除你眼睛里的催泪瓦斯。你就把葱头揉进你眼睛里了。”

“你失常了。我对你的侮辱并不在意。你疯了。”

担架手进来了。

“上尉大夫。”其中一个说。

“滚出去！”医生说。

他们出去了。

“我要开枪打死这个可怜的家伙，”炮兵军官说，“我是个讲人道的人。我决不让他受折磨。”

“那就打死他吧，”医生说，“打死他啊。承担责任。我要写份报告。伤员被炮兵中尉在急救站打死。打死他啊。尽管去打啊。”

“你不是人。”

“我的职责是治疗伤员，不是打死他们。打死人是炮兵军官老爷干的勾当。”

“那你干吗不护理他?”

“我已经护理过了。凡是可以尽力做的我都尽力做到了。”

“你干吗不用缆车道把他送下山去?”

“你算老几，配来责问我？你是我上级军官吗？你是这个包扎站的指挥官吗？请你回答。”

炮兵中尉哑口无言。屋里其他人都是士兵，没有其他军官在场。

“回答我啊，”医生用镊子钳起一个针头说，“给我个答复啊。”

“× 你。”炮兵军官说。

“好，”医生说，“好，这话你说了。很好，很好。咱们走着瞧吧。”

炮兵中尉站起身，向他迎面走去。

“× 你，”他说，“× 你。× 你妈。× 你妹子……”

医生把盛满碘酒的碟子朝他脸上扔去。中尉眼睛看不见了，向他迎面走来，掏着手枪。医生赶快溜到他背后，把他绊倒，他一倒在地板上，医生就对他踢了几脚，戴着橡皮手套的手拿起那把枪。中尉坐在地板上，那只没受伤的好手捂住眼睛。

“我要杀了你！”他说，“我眼睛一看得见就杀了你。”

“我是头儿，”医生说，“既然你知道我是头儿，我就原谅一切。你不能杀我，因为你的枪在我手里。中士！副官！副官！”

“副官在缆车道那儿。”中士说。

“用酒精和水清洗这位军官的眼睛。他眼睛里沾到碘酒了。拿个盆子让我洗手。我下一个就看这位军官。”

“不要你碰我。”

“紧紧抓住他。他有点精神错乱了。”

一个担架手进来了。

“上尉大夫。”

“你要什么？”

“太平间里那人——”

“滚出去。”

“死了，上尉大夫。我还以为你听到了会高兴呢。”

“瞧，可怜的中尉？咱们白白争了一场。在战争时期咱们白白争了一场。”

“操你，”炮兵中尉说，他眼睛仍然看不见，“你把我弄瞎了。”

“没事，”医生说，“你眼睛回头就没事了。没事。白白争论。”

“哎唷！哎唷！哎唷！”中尉突然尖声叫唤，“你把我眼睛弄瞎了！你把我眼睛弄瞎了！”

“紧紧抓住他！”医生说，“他痛得厉害了。紧紧抓住他。”

（陈良廷　译）

怀俄明葡萄酒

怀俄明州的下午天气好热；群山在远处，你看得见山顶上的积雪，但山峦没有阴影，山谷里的庄稼地一片金黄，路上车来车往，尘土飞扬，镇子边的小木屋全都在太阳下曝晒着。方丹家后面的门廊外有一棵树遮荫，我就坐在树荫下的桌子边，方丹太太从地窖里拿来凉爽的啤酒。一辆汽车从大路拐到小路上，停在屋子边。两个男人下了车，穿过大门走了进来。我把酒瓶放在桌子底下。方丹太太站起身来。

“山姆在哪儿？”其中一人在纱门门口问道。

“他不在这儿。在矿上。”

“你有啤酒吗？”

“没有。一点也没有了。那是最后一瓶了。全喝光了。”

“他在喝什么呀？”

“那是最后一瓶。全喝光了。”

“得了吧，给我们来点啤酒。你认识我的。”

“一点也没有了。那是最后一瓶。全喝光了。”

“行了，咱们上弄得到真正啤酒的地方去吧。”其中一人说道，他们就出去上车了。

其中一人走路跌跌撞撞的。汽车发动时晃动几下，在路上飞快地开走了。

“把啤酒放在桌上，”方丹太太说，“怎么回事，好了，没事了。怎么回事？别放在地板上喝啊。”

“我不知道他们是什么人。”我说。

“他们喝醉了，”她说，“那才惹麻烦呢。回头他们上别处去，说他们是在这儿喝的[①]。说不定他们连记也记不得了。”她说法语，不过只是偶尔说说，而且还夹了好多英语单词和一些英语句法结构。

“方丹上哪儿去了？”

“他在做葡萄酒[②]。哦，天哪。他真喜欢葡萄酒[③]。”

“可你喜欢啤酒。”

“是啊，我喜欢啤酒，但方丹，他真喜欢葡萄酒。”

她是个身材丰满的老妇，肤色红润可爱，满头银发。她浑身上下干干净净，屋子也收拾得干干净净、整整齐齐。她是伦斯[④]人。

“你在哪儿吃的？”

“在旅馆里。”

“在这儿吃。他可不喜欢在旅馆或饭店吃。在这儿吃！”

“我不想给你添麻烦。再说旅馆里吃得也不错。”

“我从来不在旅馆吃饭。也许旅馆里吃得不错。我这辈子在美国只上过一次饭店。你知道他们给我吃什么？他们给我吃生猪肉！”

“真的？”

“我不骗你。是没煮过的猪肉。我儿子娶了个美国女人，经常给他吃罐头豆子。”

---

① 在美国如果醉汉开车肇事，警方要追究他刚才喝过酒的酒店责任。

②③ 原文为法语。以下排仿宋体处原文均为法文。

④ 法国北部地区。

“他结婚多久了？”

“哦，我的天，我不知道。他老婆体重两百二十五磅。她不干活。不煮饭。她给他吃罐头豆子。”

“那她干什么？”

“她老是看书。光是看书。她经常躺在床上看书。她已经不能再生孩子。她太胖了。肚子里容不下孩子了。”

“她怎么啦？”

“她老是看书。他是个好小子。干活卖力。以前在矿上干活，如今在牧场里干。他以前从没在牧场里干过。牧场主对方丹说他从没见过牧场里有谁干活比他更卖力的。他干完活回家，她竟没东西给他吃。”

“他干吗不离婚呢？”

“他没钱办离婚。再说，他很爱她。”

“她美吗？”

“他认为美。他把她带回家来的时候，我还当自己要死了呢。他真是个好小子，干活始终卖力，从不到处乱跑，惹什么祸。当时他出门到油田去干活，就带回来这个印第安女人，那会儿体重就有一百八十五磅。”

“她是印第安人？”

“她是印第安人倒没什么。哦，天哪。她嘴里老是挂着狗娘养的、该死的这种话。她不干活。”

“眼下她在哪儿？”

“看戏。”

“什么？”

“看戏。电影。她只会看书和看戏。”

“你还有啤酒吗？”

“天哪，当然有啦。你今晚来我们这儿吃饭吧。”

“好吧。我应该带什么来呢？”

“什么也别带。一点也别带。也许方丹会弄到点葡萄酒。”

那天晚上我到方丹家吃晚饭。我们在餐室里吃，桌上铺着干净的桌布。我们尝了一下新酿的葡萄酒。酒味清淡可口，还有葡萄的味儿。餐桌上有方丹和他太太，还有小儿子安德烈。

“你今天干了些什么？”方丹问。他是个老头儿，矮小的身躯给矿里的活儿拖累坏了，一部飘垂的灰白胡子，明亮的眼睛，是圣艾蒂安①附近的中部人。

“我埋头搞我的书呢。”

“你的书都没问题吧？”方丹太太问。

“他意思是说他像个作家那样写书。一本小说。”方丹解释说。

“爸，我能去看戏吗？”安德烈问。

“当然。”方丹说。安德烈回过头来问我。

“你看我有几岁？你看我这样子有十四岁吗？”他是个瘦小子，但他的脸看上去有十六岁了。

“是啊。你这样子有十四岁了。”

“我到戏院时就这么样低头哈腰，拼命装得小一点。”他嗓音很尖，又在变声。“要是我给他们一个两毛五的硬币，他们就收下了，可我要是只给他们一毛五，他们照样也让我进去。”

“那我就只给你一毛五了。”方丹说。

“不，给我一个两毛五的硬币，我会在路上把钱兑开的。”

“他看完戏马上就会回来。”方丹太太说。

---

① 一译圣太田，法国东南部城市，卢瓦尔省首府。

“我一会儿就回来。”安德烈走出门去。晚上外面很凉快。他让门开着，一阵凉风吹了进来。

“吃啊！”方丹太太说。“你还没吃过什么东西呢。”我已经吃了两份鸡和法式炸土豆条，三个甜玉米，一些黄瓜片和两份凉拌蔬菜。

“也许他要点儿蛋糕。”方丹说。

“我应该给他来点儿蛋糕，”方丹太太说，“吃点干酪。吃点奶酪。你还没吃过什么东西呢。我应该弄点蛋糕来。美国人就老爱吃蛋糕。”

“我吃了好多啦。”

“吃啊！你还没吃过什么东西呢。全吃下去。我们什么也不剩。全吃光。”

“再来点儿凉拌蔬菜。”方丹说。

“我再去拿点儿啤酒来，”方丹太太说，“如果你整天在书厂里干活，肚子会饿的。”

“他不了解你是个作家。”方丹说。他是个心细体贴的老头，说话用俚语，对十九世纪九十年代他在军队服役时的一些流行歌曲也熟悉。“他自己写书。”他对太太解释说。

“你自己写书？”方丹太太问。

“有时写。”

“哦！”她说，“哦！你自己写书啊。哦！好极了。要是你自己写书的话肚子会饿的。吃啊！我去找点啤酒。”

我们听见她走在通向地窖的阶梯上。方丹对我笑笑。他对没有他那种经历和世故的人十分宽容。

安德烈看完戏回来时我们还坐在厨房里讨论打猎。

“劳动节那天我们都到清水河去了，”方丹太太说，“哦，天哪，你实在应该到那儿去去。我们大家坐卡车去的。大家都坐卡车，我们星期天动身。坐的是查理的卡车。”

“我们吃啊，喝葡萄酒、啤酒，还有一个法国人带来一瓶苦艾酒，”方丹说，“加利福尼亚一个法国人！”

“天哪，我们还唱歌。有个庄稼汉跑来看看怎么回事，我们请他喝些酒，他跟我们待了一会儿。还来了几个意大利人，他们也要跟我们一起玩．我们唱了一首关于意大利人的歌，他们听不懂。他们不知道我们并不欢迎他们，我们同他们没什么交道好打，过了一会儿他们就走了。”

“你们钓到几条鱼？”

“不多。我们去钓了一会儿鱼，可我们又回来唱歌。你知道，我们唱了歌。”

“晚上，”方丹太太说，“女人都睡在卡车上。男人就围在火边。晚上我听见方丹来再拿些酒，我就跟他说，天哪，方丹，留些明天喝吧。明天可什么也没得喝了，那时大家就要后悔了。”

“但他们都喝了，”方丹说，“而且第二天他们一点也没有剩。”

“你们都干了些什么？”

“我们一本正经地钓鱼呗。”

“没错，都是好鳟鱼。哦，天哪。都一模一样。半磅一盎司。”

“多大个儿？”

“半磅一盎司。吃起来正合适。都一样大小，半磅一盎司。”

“你觉得美国怎么样？”方丹问我。

“你也知道，美国是我的祖国，所以我爱美国。但吃得并不很好。过去还行，现在不行。”

“对，”方丹太太说，“吃得并不好，”她摇摇头，“而且，波兰人吃得太多。我小时候我妈跟我说：‘你吃得像波兰人一样多。’我根本不明白波兰人是什么。但现在我明白美国人了。波兰人吃得太多。再说，天哪，波兰人还爱吃咸的。”

“这地方打猎钓鱼倒不错。”我说。

“对。打猎和钓鱼最好。”方丹说，“你喜欢什么枪？”

“十二口径的气枪。”

“气枪很好。”方丹点点头。

“我要自己一个人去打猎。”安德烈扯着小男孩的尖嗓门说。

“你不能去。”方丹说。

“你要知道，男孩子都是蛮子。他们都是蛮子。他们要互相开枪打来打去的。”他回过头来跟我说了。

“我要一个人去。”安德烈说，嗓门又尖利又激动。

“你去不得，”方丹太太说，“你还太小。”

“我要一个人去，”安德烈尖声说，“我要打水老鼠。”

“水老鼠是什么？”

“你不知道水老鼠？你一定知道的。人家叫做麝鼠的。”

安德烈从碗柜里拿出那支二十二口径的来复枪，双手在灯光下握住枪。

“他们都是蛮子，”方丹解释说，“他们要互相开枪打来打去的。”

“我要一个人去。”安德烈尖声说。他拼命朝枪筒一头看着。“我要打水老鼠。我非常了解水老鼠。”

“把枪给我，”方丹说，他又对我解释，“他们都是蛮子，他们要互相开枪打来打去的。”

安德烈紧紧握住枪。

“看看倒可以。看看倒不妨，看看倒可以。”

“他就爱开枪，”方丹太太说，“但他还太小。”

安德烈把那支二十二口径的来复枪放回碗柜里。

“等我长大了，我要打麝鼠，还要打野兔子，”他用英语说，“有一回我跟爸爸出去，他开枪打一只野兔子，只打到一点皮毛，我开了枪才打中了。”

“不错，”方丹点点头，“他打中了一只野兔子。”

“不过是他先打中的，”安德烈说，“我要自个儿去，自个儿打。明年我就能去打了。”他在一个角落里看了看，就坐下来看书了。吃过晚饭，我们走进厨房去坐坐，我拿起这本书，一看原来是本丛书——《弗兰克在炮舰上》。

“他喜欢书，”方丹太太说，“不过这总比夜里跟别的孩子乱跑、去偷东西强。”

“书倒不是坏事，”方丹说，“先生也是写书的。”

“对，是这样，没错。但书太多就坏事了，”方丹太太说，“这就是书的一个毛病。这就同教堂一样。教堂太多了。法国只有天主教和新教，而且新教徒很少。但是这里到处是教堂。我到这里来一看哪，我的天啊，这么多教堂干什么啊？”

“一点不错，”方丹说，“教堂太多了。”

“前几天，”方丹太太说，“有个法国小姑娘跟她母亲，方丹的表妹来这里，她对我说：‘美国不需要天主教徒。做个天主教徒没好处。美国人不喜欢你做个天主教徒。这就同禁酒法一样。’我跟她说：‘你要做个什么？嗨，如果你是个天主教徒的话，还是做个天主教徒好。’可她说：‘不，在美国做个天主教徒没好处。’可我认为如果你是个天主教徒的话，还是做个天主教徒的好。改信别的教没好处。天哪，没好处。”

“你在美国望弥撒？”

“不。我在美国不望弥撒，只是难得去一回。可我还是个天主教徒。改信别的教没好处。”

“据说那个史密特是天主教徒。”方丹说。

“据说，但根本不知是不是，”方丹太太说，“我可不信史密特是天主教徒。美国的天主教徒并不多。”

“我们可是天主教徒。”我说。

“可不是，但你住在法国啊，”方丹太太说，“我可不信那个史密特是天主教徒。他在法国住过吗？”

“波兰人都是天主教徒。”方丹说。

“一点不错，”方丹太太说，“他们上教堂去，回家时一路动刀子打架，礼拜天互相残杀一天。可是他们不是真正的天主教徒。他们是波兰天主教徒。”

“所有的天主教徒都一样，”方丹说，“天主教徒都没两样。”

“我不信史密特是天主教徒，”方丹太太说，“他要是天主教徒那才怪呐。我呀，我可不信。”

“他是天主教徒。”我说。

“史密特是天主教徒，”方丹太太沉吟说，“我绝不会相信，天哪，他是天主教徒。”

“玛丽，去拿啤酒，”方丹说，“先生渴了，我也渴了。”

“好的，就去。”方丹太太在隔壁屋子里说。她下楼去了，我们听见楼梯吱吱嘎嘎响。安德烈在角落里看书。我跟方丹坐在桌边，他把最后一瓶啤酒倒进我们两个玻璃杯里，瓶底里只剩下一点儿。

“这是打猎的好地方，”方丹说，“我很喜欢打鸭子。”

“不过在法国打猎也非常好。”我说。

“是啊，”方丹说，“我们那边野味很多。”

方丹太太手里拿着几瓶啤酒从楼梯上来。“他是天主教徒，”她说，“天哪，史密特是天主教徒。”

“你看他当得上总统吗？”方丹问。

“不。”我说。

第二天下午我开车到方丹家去，穿过镇上的阴凉处，沿着尘土飞扬的路，拐到小路上，把车停在篱笆旁边。这一天又很热。方丹太太来到后门口。她看上去真像圣诞老婆婆，干干净净，脸色红润，头发雪白，走路摇摇摆摆。

“啊呀，你好，”她说，“天真热，天哪。”她进屋去拿啤酒。我坐在后面的门廊里，透过纱窗和暑气下的叶丛，看着远处的群山。从树丛间看得见道道沟痕的褐色群山，山上还有三座山峰和一条积雪的冰川。山上的雪看上去很白很纯，不像真的。方丹太太出来，把几瓶酒放在桌上。

“你看见外面什么了？”

“雪。”

“这雪很美。”

“你也来一杯。”

“行啊。”

她在我身边的一张椅子上坐下。“史密特，”她说，“要是他当上总统，你看我们总不愁没有葡萄酒和啤酒吧？”

“没问题，”我说，“相信史密特好了。”

“他们逮捕方丹的时候，我们已经付了七百五十五块罚金。警察抓了我们两回，政府抓了一回。我们挣到的钱，多年来方丹在矿上干活挣到的钱，加上我给人洗衣服挣到的钱，统统都付给他们了。他们把方丹关进监狱。他从来没有干过坏事。”

“他是个好人，”我说，“这么做真造孽。”

“我们可没多收人家钱。葡萄酒卖一块钱一升。啤酒一毛钱一瓶。我们从来不卖没酿好的啤酒。有好多地方刚酿好啤酒马上就卖，喝过的人个个都头痛。那又怎么样呢？他们把方丹关进监狱，还拿了七百五十五块钱。”

"真可恶，"我说，"方丹在哪儿？"

"他还在做酒呗。如今他得留神看着别出岔子。"她笑了。她再也不去想那笔钱了。"你知道，他就爱葡萄酒。昨晚他带了一点回来，刚才你喝的，还有一点点新酒。最新的。酒还没酿好，可他喝了一点，今儿早上还放了一点在咖啡里。你知道，放在咖啡里！他就爱葡萄酒！他就是这样的脾气。他那地方的人就是这样。我住在北方那儿，人家什么酒都不喝。大家只喝啤酒。我们住的地方附近有一家大酿酒厂。我小时候可不喜欢那些货车上的啤酒花[①]味儿，也不喜欢地里的啤酒花味儿。我不喜欢啤酒花。不，天哪，一点也不喜欢。酿酒厂老板对我和妹妹说，到啤酒厂去喝啤酒，喝过以后你们就会喜欢啤酒花了。果然不错。后来我们就真的喜欢啤酒花了。他吩咐他们给我们喝啤酒。喝了我们就喜欢上啤酒了。不过方丹呀，他可喜欢葡萄酒呢。有一回他打死了一只野兔子，他要我用酒做调味汁来烧兔子，用酒、黄油、蘑菇和葱一股脑儿调制的黑调味汁来烧兔子。天哪，我真的做成了那种调味汁，他全吃光了，还说：'调味汁比野兔子更好吃。'他那地方的人就是这样。他吃了不少野物和葡萄酒。我呀，我倒喜欢土豆、大腊肠，还有啤酒。啤酒不错。对健康大有好处。"

"是不错，"我说，"葡萄酒也不错。"

"你像方丹。不过这里有一点我始终弄不明白。我看你也没弄明白过。美国人到这里来，在啤酒里搀威士忌。"

"不明白。"我说。

"是的。天哪，是真的啊。还有一个女人呕在餐桌上。"

"怎么？"

"真的。她呕在餐桌上。而且后来她还呕在鞋里。后来他们回来

① 啤酒花是做啤酒的原料，可以使啤酒带苦味。

了，说他们还要再来，下星期六要再请一回客，我说，天哪，不行！他们回来时，我把门锁上了。”

“他们喝醉了可坏呢。”

“冬天里小伙子们去跳舞，他们坐了汽车开到这里，跟方丹说：‘嗨，山姆，卖给我们一瓶葡萄酒吧。’或者买了啤酒，再从兜里掏出一瓶走私酒，掺在啤酒里喝下去。天哪，我平生头一回看到这种事。在啤酒里搀威士忌。天哪，我真弄不明白那种事！”

“他们要吐一场，这样才知道自己喝醉了。”

“有一回，一个家伙到这里来跟我说，要我替他们做一顿丰盛的晚饭，还喝了一两瓶葡萄酒。他们的女朋友也来了，后来他们就去跳舞了。我说，行啊。于是我做了一顿丰盛的晚饭，可等他们来的时候，已经喝了不少啦。他们当下在葡萄酒里搀上威士忌。哦，天哪。我跟方丹说：‘这下要出毛病了！’‘是啊。’他说。后来这些姑娘都吐了，好端端的姑娘，身体挺好的姑娘。她们就在桌上吐。方丹想方设法搀着她们，指点她们上洗手间去好好吐一吐，可是那些家伙说不，她们在桌上吐就行了。”

方丹进了屋。“他们再来的时候，我就锁上门。‘不成，’我说，‘给我一百五十块也不成。’天哪，不成。”

“这些人胡来的时候，用得上一句法国话。”方丹说。他站在那儿，热得神色苍老疲惫。

“怎么说？”

“猪，”他拘泥地说，不大愿意使用这么厉害的字眼，“他们就像猪。这个字眼很厉害，”他赔不是道，“可吐在桌上……”他难受地摇摇头。

“猪，”我说，“他们就是……猪。混蛋。”

方丹不喜欢粗话。他很高兴说些别的。

“有些人很亲切、很通情达理，他们也来的，”他说，“要塞里的军官，人都很好。好人啊。凡是到过法国的都想来喝葡萄酒。他们确实喜欢酒。”

“有个男人，”方丹太太说，“老婆从不让他出来。所以他就对她说他累了，上床去睡觉，等到她去看戏，他就径自上这儿来，有时就穿着睡衣裤，外面套件上衣。‘玛丽亚，看在上帝分上，来点啤酒吧。’他说。他穿着睡衣裤，喝着啤酒，喝完就回要塞去，趁老婆还没看完戏回家，先回到床上去。”

“这人古怪，”方丹说，“但真亲切。他是个好人。”

“天哪，不错，确实是个好人，”方丹太太说，“他老婆看戏回家时他总是睡在床上。”

“我明天得出门了，”我说，“到乌鸦自然保护区去。猎捕北美松鸡季节开始了，我们去凑凑热闹。”

“是吗？你临走前再到这儿来一趟。你再来一趟好不好？”

“一定来。”

“那时葡萄酒就做好了，”方丹说，“咱们一起来喝一瓶。”

“三瓶。”方丹太太说。

“我会来的。”我说。

“我们等你。”方丹说。

“明儿见。”我说。

下午前半晌儿我们就巡猎回来了。那天早晨我们五点钟起身。上一天我们刚痛痛快快打过猎，不过那天早晨我们一只松鸡也没看见。我们乘坐敞篷汽车，觉得很热，就在路边一棵树下停车，背着太阳吃午餐。太阳高挂，那块树荫很小。我们吃三明治，还把三明治馅抹在饼干上吃，我们又渴又累，等我们终于离开树荫、上了大路、回城里去时，心里都很高兴。我们跟着一条草原犬鼠驶近城，还下车用手枪打草原犬鼠。我们打中了两只，可是后来就不打了，因为没打中的子弹擦过石块和泥土，嘘哩哩地飞过田野，飞到田野那边了，那边沿河有几棵树，还有一所房子，我们生怕流弹飞向房子，惹出麻烦。所以就继续开车，终于开到下坡路，朝镇外的房子开去。开过草原我们就能看见群山了。那天山峦苍翠，高山上的积雪像玻璃般闪亮。夏天快到头了，不过高山上还积不起新雪，只有被太阳晒化的陈雪和冰，老远看去明晃晃地闪亮。

我们要来点儿凉的，要点儿阴凉的地方。我们给太阳晒焦了，嘴唇给太阳和碱土烫起泡来。我们拐到小路上，到方丹店里，把车停在屋外，走进屋去。餐室里边真凉快。只有方丹太太一个人。

"只有两瓶啤酒了，"她说，"全喝光了。新酒还没酿好呢。"

我给了她几只打到的鸟。"不坏，"她说，"行啊。谢谢。不坏。"她走出去把鸟放在阴凉处。我们喝完啤酒我就站起身。"我们得走了。"我说。

"你今晚再来行吗？方丹的酒就快酿好了。"

"我们临走前会再来的。"

"你要走？"

"是啊。我们早上就得走。"

"你要走，真太糟糕了。你今晚来啊。方丹的酒就要酿好了。我们趁你没走先送送你。"

"我们临走前会来的。"

谁知那天下午要发电报，要仔细检查汽车——一只轮胎给石子划破了，需要热补——没有汽车，我只好徒步进城，办理完必办的事才走得成。到了吃晚饭的时候，我已累得出不了门。我们不想说外国话。我们只想趁早上床。

我躺在床上，还没入睡，四下堆着准备打点的暑天用品，窗子都开着，山风吹进窗来凉飕飕的，我心里想，没上方丹那里去真不好意思——可是一会儿我就睡着了。第二天我们一早上都忙着打行李，结束暑期生活。我们吃了午饭，准备两点钟上路。

“咱们一定得去向方丹夫妇告别。”我说。

“是啊，咱们一定得去。”

“恐怕昨晚他们等咱们去呢。”

“我想我们本该去的。”

“咱们去就好了。”

我们跟旅馆接待员告了别，跟拉里和城里其他的朋友告了别，然后就开车到方丹店里。方丹夫妇都在。他们见到我们很高兴。方丹神色苍老疲惫。

“我们还以为你们昨晚会来呢，”方丹太太说，“方丹备了三瓶酒，你们不来，他就都喝光了。”

“我们只能待一会儿，”我说，“我们只是来告别的。我们原想昨晚来的。我们打算来，可是赶了路后太累了。”

“喝点酒吧。”方丹说。

“没酒了。你都喝光了。”

方丹神色很不安。

“我去搞一点来，”他说，“我只去一会儿工夫。我昨晚把酒都喝光了。我们原来是准备给你们喝的。”

“我知道你们累了。我说：‘天哪，他们准是太累了，来不了，’”方丹太太说，“去搞点酒来吧，方丹。”

“我开车送你去。”我说。

“行啊，”方丹说，“那样好快些。”

我们一路开着车，开到一英里外拐上一条小路。

“你会喜欢那种酒的，”方丹说，“酿得很好。你今晚晚饭可以喝这酒。”

我们在一幢木板屋前停下车。方丹敲敲门。没人应。我们绕到屋后去。后门也上着锁。后门四下都是空铁皮罐。我们朝窗子里张望。里面没人。厨房又肮脏又邋遢，可是门窗全都紧闭着。

“那狗娘养的。她到哪儿去了？”方丹说。他豁出去了。

“我知道哪儿搞得到一把钥匙，”他说，“你待在这儿。”我眼看着他沿路走到邻屋去，敲了门，同出来应门的女人说话，最后总算回来了。他借到了钥匙。我们试试打开前门，又试试后门，可是都打不开。

“那狗娘养的，”方丹说，“不知她上哪儿去了。”

从窗子里看进去，看得见放酒的地方。靠窗还闻得见屋里的酒味。这味儿虽香，但有点难闻，像印第安人屋里的味儿，忽然间方丹拿起一块松动的木板，在后门边挖起土来。

“我能进去，”他说，“狗娘养的。我能进去。”

邻屋后院有个人正捣鼓着一辆旧福特车的一只前轮。

“你最好别进去，”我说，“那人会看见你的。他在看着呢。”

方丹挺直身子。“咱们再试试这把钥匙，”他说，我们试试转动钥匙，就是打不开。朝哪一边都只转动一半。

“咱们进不去，”我说，“咱们最好还是回去吧。”

“我要挖后门。”方丹提出道。

“不。我绝不让你冒险。”

“我要挖。”

“不，”我说，“那人会看见的。这一来就会被当场抓住了。”

我们出了院子走到汽车边，开回方丹家，顺道停下车还了钥匙。方丹什么话也不说，只是用英语咒骂。他语无伦次，弄得没话好说了。我们进了屋。

“那狗娘养的！”他说，“我们拿不到酒。我亲自酿的酒。”

方丹太太的满脸喜色顿时一扫而光。方丹双手抱头在角落里坐下。

“我们一定得走了，”我说，“喝不喝酒无所谓。等我们走了。你为我们喝就是了。”

“那疯婆子上哪儿去了？”方丹太太问。

“我不知道，”方丹说，“我不知道她上哪儿去了。这下子你们一口酒也喝不到就走了。”

“那没关系。”我说。

“那不行。”方丹太太说。她摇摇头。

“我们得走了，”我说，“再见了，祝你们好运。我们过得很愉快，谢谢你们了。”

方丹摇摇头。他丢了面子。方丹太太满脸愁容。

“别为酒的事难受了。”我说。

“他要你喝他酿的酒，”方丹太太说，“你明年能再回来吗？”

“不。不定要到后年。”

“你瞧瞧？”方丹对她说。

“再见，”我说，“别把酒的事放在心上。等我们走了，你们为我们喝些就是了。”方丹摇摇头。他没笑。他倒霉的时候自己有数。

“那狗娘养的。”方丹自言自语道。

“昨晚他原来有三瓶酒。”方丹太太说，想安慰他。他摇摇头。

“再见。”他说。

方丹太太眼泪汪汪。

“再见。”她说。她替方丹难受。

“再见。”我们说。我们都感到很难受。他们站在门口，我们上了车，我发动马达。我们挥挥手。他们一起忧伤地站在门廊上。方丹神色很苍老，方丹太太愁容满面。她跟我们挥挥手，方丹进了屋。我们拐到大路上了。

“他们很难受。方丹难受死了。”

“咱们昨晚应当去的。”

“是啊，咱们应当去的。”

我们开过城区，开到城外平坦的大路上，两边庄稼地里一片残茬，右边远处是群山。看上去像西班牙，可这里是怀俄明。

“我希望他们都交好运。”

“他们不会交好运，”我说，“史密特也不会当上总统。”

混凝土路面到此为止。现在路面是铺石子的，我们离开平地，开上两座山麓之间；山路蜿蜒而上。山土都是红的，长着灰蒙蒙的一丛丛鼠尾草，随着路面升高，我们看得见小山对面和山谷平原对面的山峦。群山越来越远了，看上去格外像西班牙了。山路又蜿蜒向上了，前面路上有几只松鸡在尘土里打滚。我们向松鸡开去，它们就飞走了，急速拍打翅膀，然后轻快地成长长的斜线飞行，落在下面山坡上。

“这些松鸡真大，真可爱，比欧洲的松鸡大多了。”

“方丹说这是个打猎的好地方。”

“狩猎季节过去了呢？”

“那时他们都死掉了。”

“那小伙子不会死。”

“没什么证明他不会死。”

“咱们昨晚应当去的。”

“是啊，”我说，“咱们应当去的。”

（刘文澜　译）